Al-Andalus
Los Omeyas

GH00703496

Daniel Cuñat

ANAYA

Colección: Biblioteca Básica
Serie: Historia

Diseño: Narcís Fernández
Edición gráfica y maquetación: Rosa Gallego

Coordinación científica: Joaquim Prats i Cuevas
(Catedrático de Instituto y
Profesor de Historia de la
Universidad de Barcelona)

Coordinación editorial: Olga Escobar

Primera edición, mayo de 1991

Contenido

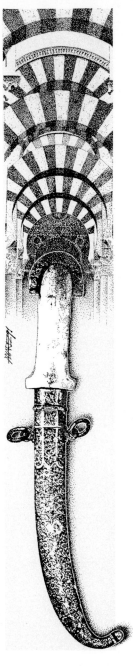

Al-Andalus y Oriente

Las crónicas árabes, al referirse al conjunto del territorio peninsular, denominan «Ishbaniya», adaptación fonética de Hispania, al área sometida a poderes cristianos, y al-Andalus, deformación de «al-Vandalus», «La tierra de los vándalos», al área sometida al poder musulmán.

El poder islámico en la Península se inicia con la ocupación árabe-beréber, en el 711, y se prolonga hasta la caída de Granada en 1492. A lo largo de este dilatado período hay un primer y prolongado tramo (711-1031), en el que la autoridad va a ser ejercida, ininterrumpidamente, por una sola dinastía, la omeya.

El ámbito territorial del Islam y la Cristiandad se consolida pronto: a mediados del siglo VIII las fronteras ya son estables, situación que no se altera a lo largo de toda la dinastía omeya. Entre las fronteras de *Ishbaniya* y al-Andalus se interpone, como zona de nadie, una amplia franja, que se convertirá en el escenario de los consabidos enfrentamientos territoriales que trae consigo toda relación de vecindad.

Los omeyas ejercen su autoridad con grandes dificultades y la España islámica sólo presenta excepcionalmente la apariencia de un estado fuerte. El origen tribal de la dinastía y la diversidad étnica —árabes, beréberes y poblaciones autóctonas— constituyen poderosos gérmenes de disolución que hacen difícil el arraigo de instituciones que generen autoridad.

Marcada por estos factores internos, la acción de los omeyas en al-Andalus constituye, además, un largo capítulo de la historia del Islam. Por ello, sin menospreciar la influencia del área cristiana, nos aproximaremos al capítulo omeya de nuestro pasado, rastreando las repercusiones que en la Península provocaron los acontecimientos más trascendentales del mundo islámico.

5

1

La expansión del Islam más allá de la península arábiga fue el más importante factor de cohesión de las tribus que la habitaban. Pero los vínculos tribales no se disuelven absolutamente. Cada estandarte aglutina a los combatientes de una tribu.

El Islam: de la península arábiga a la península ibérica (610-711)

En el 711, los ejércitos islámicos llegaban, por un lado, al Indo, y, por otro, cruzaban el estrecho de Gibraltar, estableciendo en el actual Pakistán y en la península ibérica los límites oriental y occidental del Imperio. Apenas un siglo antes, el poder que hacía posible el mantenimiento de cuerpos expedicionarios en países tan alejados se disolvía en multitud de grupos tribales establecidos en la península arábiga. El impulso unificador provino de la predicación y la actividad de un nuevo profeta, Mahoma, quien a su muerte (632) había logrado constituir una sola entidad política en el vasto territorio de la península arábiga.

Tribus en la Arabia preislámica

La península arábiga es un territorio macizo, sin apenas fracturas, en el que sólo hay sistemas montañosos al Oeste y Sur, paralelos al mar Rojo y al golfo de Aden. En los valles y llanuras de estas dos regiones, la occi-

dental y meridional, se registra la mayor concentración humana, pues en el resto, salvo estrechas franjas costeras a lo largo del golfo Pérsico, se extiende el desierto.

La Arabia habitada presenta dos áreas geográficas radicalmente distintas, separadas por el límite de las precipitaciones regulares:

a) Región meridional: las lluvias y un perfeccionado sistema de irrigación permitían una agricultura de altos rendimientos, propiciando la sedentarización, al tiempo que en la costa crecían árboles de mirto e incienso, fuente de un temprano comercio con el imperio romano y la India.

b) Región septentrional: la escasez de precipitaciones y la ausencia de ríos concentraban la vida sedentaria en torno a los oasis. La explotación de áreas cultivables tan reducidas resultaba insuficiente para sedentarizar a un gran número de sus pobladores, quienes habrían de adaptarse a la vida nómada del desierto.

En la *Arabia del Sur*, sus habitantes forjaron desde la segunda mitad del primer milenio a.C. poderes ca-

paces de resistir durante siglos la presión de los nómadas. La crisis del mundo romano afectó a estos poderes
del Sur, al interrumpirse la frecuencia de los intercambios comerciales. A partir del Bajo Imperio, el declive
económico empujó a la emigración, que se hizo más intensa desde mediados del siglo VI, cuando la ruptura
de un inmenso embalse desertizó extensos oasis.

Uno de los grupos más compactos que abandonó las
empobrecidas tierras del Sur fue la tribu de los banu
Kalb. Tras nomadear por tierras de Arabia Central y manifestarse como consumados pastores de camellos, son
reclutados como mercenarios por los bizantinos para defender las fronteras frente a los sasánidas. En los años
precedentes a la aparición del Islam, constituyen una
poderosa fuerza sólidamente instalada en la frontera si-

En apenas ochenta
años, una fulguran-
te expansión a par-
tir de la península
arábiga desemboca
en la creación de un
imperio que se ex-
tiende del Atlántico
al Índico. La prime-
ra gran ofensiva
—hasta la Cirenai-
ca e Irán— fue obra
del Califato Orto-
doxo; la segunda, y
definitiva, lo fue de
la dinastía omeya.

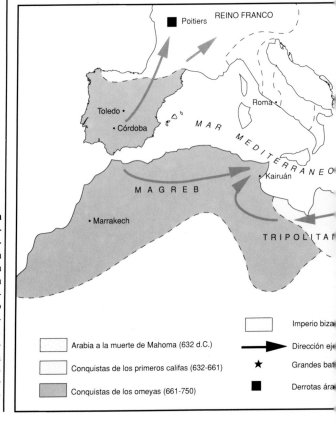

REINO FRANCO
Poitiers

Roma

Toledo
Córdoba

MAR
MEDITERRANEO

MAGREB
Kairuán

Marrakech

TRIPOLITANA

Arabia a la muerte de Mahoma (632 d.C.)

Conquistas de los primeros califas (632-661)

Conquistas de los omeyas (661-750)

Imperio bizan...

Dirección eje...

★ Grandes bat...

■ Derrotas ára...

ria y el nombre de su tribu, banu Kalb, servirá como apelativo de todas las tribus originarias del Sur, «kalbíes».

En la *Arabia del norte*, numerosas tribus viven de la transhumancia desde el mar Rojo a Iraq. La rudeza del medio y su escasa participación en el comercio de las caravanas los condena a una existencia difícil, en la que el pillaje y los enfrentamientos por los límites de las zonas de pastoreo correspondientes a cada tribu eran inevitables. La paz era una situación excepcional y difícilmente se establecían pactos, producto siempre de federaciones fugaces dirigidas por la tribu más fuerte momentáneamente.

En los años precedentes a la aparición del Islam, un gran número de tribus del Norte se federan bajo la dirección de la tribu teóricamente más fuerte, los banu

Más que la fuerza militar, es la actitud de las poblaciones sometidas a bizantinos y sasánidas para quienes los conquistadores eran «liberadores», lo que hace posible el vertiginoso avance musulmán.

9

El sur de Arabia participa del clima tropical. El recalentamiento del suelo atrae los vientos del mar que descargan en las elevadas montañas del sudoeste. Las lluvias justifican la apelación romana de Arabia Feliz, y permiten la agricultura y el sedentarismo. Un embalse de gran capacidad y un elaborado sistema de irrigación robaban al desierto tierras para el cultivo. Su ruptura en 542, de la que se hace eco el Corán, marcará la ruina definitiva del Sur. En la ilustración, cultivos en terrazas, en Yemen.

Kays, y pasan a llamarse «kaysíes». El objetivo de la alianza era romper el monopolio que en el tráfico caravanero detentaban los banu Kuraish, una de las tribus, también del Norte, asentada en el Hidjaz, la región limítrofe con la Arabia del Sur.

Los kuraishíes eran, por su genealogía, árabes del Norte, descendientes —«banu»— del mismo antepasado de los grupos que componían la federación kaysí, pero su lejano parentesco con la auténtica tribu de los banu Kays les permitió sustraerse a las imposiciones de la solidaridad tribal. Por otro lado, los kuraishíes se habían aprovechado de la ruina del Sur y de las difíciles relaciones entre Bizancio y el imperio sasánida, llegando a controlar desde La Meca, su asentamiento más importante del Hidjaz, las antiguas rutas comerciales que habían proporcionado la prosperidad de los reinos meridionales. Ambos factores hicieron posible que los kuraishíes mantuvieran una red de alianzas con las tribus vecinas y que desarrollaran una política diplomática con bizantinos y sasánidas, que hizo inútil el esfuerzo unificador de los kaysíes.

Estos últimos no tuvieron la oportunidad de mejorar sus condiciones de vida hasta la expansión del Islam. El activo papel que desempeñaron en las primeras conquistas les permitió abandonar los inhóspitos lugares que habitaban, estableciéndose en Siria y Mesopotamia, destino también de otras emigraciones anteriores de árabes del Sur. De esta forma, lejos de sus territorios originarios, se reproducen las tensiones entre árabes del Norte y árabes del Sur, tensiones que ya no eran sólo el reflejo de la ancestral hostilidad del desierto hacia las tierras fértiles, o del nómada frente al sedentario, sino que, a medida que se iba forjando el nuevo estado islámico, tomaban la forma de actitudes políticas irreconciliables: los kalbíes, sedentarios, eran partidarios de fronteras estables, mientras que los kaysíes, nómadas, se mostraban partidarios de la expansión continuada.

Kaysíes

La historiografía árabe clasifica las tribus, no por los territorios, sino por la genealogía, por el antepasado común del que proceden. Además, los movimientos migratorios provocan asentamientos muy lejanos de sus lugares de origen. Así, los kalbíes, llamados árabes del Sur, se encuentran desde antes del Islam, más al norte que los kaysíes, llamados árabes del Norte. La expansión musulmana les hará, en ocasiones, compartir los mismos territorios.

11

El matrimonio entre primos hermanos es el más frecuente en las sociedades tribales, en cuyo seno la prioridad del hombre es absoluta, como lo manifiesta el derecho al repudio y la poligamia. La mujer no deja de ser un mero elemento patrimonial.

El poder en las sociedades tribales.

Tanto entre las poblaciones nómadas como entre las aglomeraciones sedentarias de la Arabia preislámica, la organización social se fundaba en la existencia de las tribus y en las relaciones intertribales.

La tribu es un grupo políticamente independiente formado por un conjunto de individuos que reconocen un antepasado común, que da nombre al grupo. Los lazos de parentesco o vínculos de sangre la dotan, frente a las otras tribus, de una gran solidaridad, convirtiendo a la tribu en responsable de hecho de cada uno de sus miembros. Esta responsabilidad colectiva impide fijar límites claros entre lo público y lo privado, por lo que incidentes por motivos particulares podían provocar fácilmente enfrentamientos entre las tribus.

La homogeneidad de la tribu se garantizaba mediante una serie de matrimonios endogámicos, preferentemente entre primos hermanos. Esta especie de «familia prolongada» a partir del fundador, constituía el límite máximo al que afectaba la soberanía. La independen-

cia de cada tribu no impedía, sin embargo, rasgos comunes en sus respectivos «sistemas jurídicos», constituidos por un derecho consuetudinario muy rudo, que seguía aprobando la «Ley del Talión» y el «precio de la sangre» (compensación económica por homicidio).

Las ramificaciones del antepasado común dan lugar, en el interior de la misma tribu, a la aparición de fracciones, linajes o clanes, que constituyen otros tantos pequeños grupos prácticamente autónomos. El origen de la autonomía de los clanes se fundamenta en el hecho de disponer de una zona de pastoreo exclusivo. En efecto, el clan era, en sus orígenes, el conjunto de familias emparentadas entre sí por un antepasado más próximo, que llevaban a pastar juntas sus rebaños y pasaban juntas la estación calurosa. El carácter discontinuo de la vegetación en el desierto fomentó sin duda una inclinación a la independencia de los clanes, que se proyecta posteriormente cuando las tribus se sedentarizan.

La dureza de las condiciones climáticas reduce las áreas aptas para el pastoreo. La vegetación, discontinua, favorece el aislamiento, y por consiguiente, la independencia de los grupos que la explotan. 13

El nomadismo es el recurso de las sociedades cuyos medios de subsistencia sólo están garantizados provisionalmente. Entre los nómadas, los conflictos son inevitables y el combate, la actividad de mayor prestigio.

Cada una de las familias que contituyen el clan, está formada por los descendientes del padre. En una sociedad guerrera, la preeminencia del hombre es total: la mujer era un elemento patrimonial y el «pater familias» gozaba de impunidad frente a los miembros de su familia, que le debían obediencia incondicional.

La autoridad asignada a la jefatura de cada uno de los tres núcleos básicos de la sociedad tribal —familia, clan, tribu— y, sobre todo, el que dispusieran del derecho exclusivo para ejecutar las sentencias en el seno de sus núcleos respectivos, explica la dificultad de los intentos unificadores de la Arabia preislámica.

A falta de una autoridad por encima del marco de la tribu, los enfrentamientos eran habituales, y la paz sólo reinaba cuando dos o varias tribus decidían mantenerla. El desierto, sin fronteras naturales, favorecía los hábitos guerreros, convirtiéndose el combate en la actividad más digna dentro de la sociedad árabe.

La Meca, cuna de una religión

En los inicios del siglo VII, la Meca era una de las encrucijadas de la ruta de las caravanas y el destino de las peregrinaciones ya que en sus cercanías había un santuario con los ídolos de numerosas tribus. El comercio, la custodía del santuario y los servicios derivados de la peregrinación constituían sus recursos fundamentales.

El deterioro de las relaciones entre Bizancio y el imperio sasánida incrementó el volumen de las transacciones comerciales controladas por la tribu de los Kuraish. Las posibilidades de riqueza aumentaron y los distintos clanes trataron de explotarlas en su beneficio. El afán de lucro hizo que las fortunas fueran más consi-

La Meca

Los recursos principales de la Meca eran el comercio y la peregrinación en torno a un santuario que albergaba más de trescientos ídolos, en su mayor parte piedras sagradas veneradas como moradas de espíritus invisibles. Una mezcla de paganismo, de dioses locales, de creencias animistas y de religiones monoteístas, configuraba el clima religioso de la Arabia preislámica. Las peregrinaciones se llevaban a cabo, en los meses sagrados, meses en que las tribus establecen treguas.

derables y mayor la distancia entre clanes ricos y pobres, poniéndose de manifiesto la insuficiencia del humanismo tribal para regular las relaciones sociales en un marco urbano y comercial.

Dos clanes kuraishíes se disputan durante esos años el poder en la Meca: el clan de los Umayya (omeyas), cuyos miembros habían acabado por constituir una casta de negociantes prósperos, y el clan de los Hashim (hashimíes), cuyos miembros participaban escasamente de los beneficios originados por el tráfico comercial y la afluencia de peregrinos.

En este clima de enfrentamiento y crisis, un miembro de los hashimíes, que personalmente gozaba de una posición acomodada, empieza a hacer públicas, hacia el 610, una serie de revelaciones que él siente dictadas por Dios —Allah—, a través del Arcángel Gabriel. Se llama Muhammad —Mahoma—, tiene cuarenta años y hasta su muerte, en el 632, no se interrumpen las revelaciones, recogidas posteriormente en el Corán, el libro sagrado de los musulmanes.

En los inicios del siglo VII, en una Meca desgarrada por las tensiones entre omeyas y hashimíes, un miembro de este último clan, Muhammad, empieza a sentar las bases de una nueva religión, origen de un nuevo orden político y moral, que choca con los intereses de los linajes más enriquecidos. En la ilustración, Mahoma recibe a través del arcángel Gabriel la revelación de un pasaje coránico.

16

Dos aspectos del mensaje de Mahoma inquietan especialmente a los kuraishíes: la afirmación de un radical monoteísmo que ponía en peligro la razón de ser del santuario de la Meca y de las peregrinaciones, y el mal uso que de las riquezas hacían sus jefes, al olvidar sus obligaciones tradicionales frente a los pobres y los desafortunados.

El acoso al que fue sometido —burlas, humillaciones, acusaciones de demencia— por parte de los sectores influyentes, se hace insostenible a partir de la muerte de quienes más le habían apoyado: su tío Abu Talib y su esposa Khadidja. Sus primeros adeptos ocupaban una posición social humilde y no podían prestarle la protección necesaria ante una hostilidad cada vez más abierta.

A seis jornadas al Norte de la Meca se encontraba el oasis de Yathrib. Su población llevaba más de un siglo agotada a causa de las tensiones entre dos tribus riva-

Representantes de las dos tribus rivales de Yathrib solicitan a Mahoma que se establezca en ese oasis. No son todavía motivos religiosos los que inpiran esta solicitud, sino el cansancio de un largo y duro enfrentamiento que ha situado a Yathrib al borde de su ruina. Mahoma es reclamado, pues, por sus condiciones políticas.

17

La Hégira

La huida o emigración (Hidjra) de la Meca a Yathrib —en adelante Medina— señala el inicio de la era musulmana. El duro acoso de que fue objeto el Profeta en su ciudad natal, aconseja esta medida. Acompaña a Mahoma, representado bajo la apariencia de una llama, su fiel amigo Abu Bakr, primer califa ortodoxo y padre de Aisha, una de las esposas predilectas de Mahoma. Por lo que se refiere al cuadro de la página opuesta: Kusay era el jefe de los kuraishíes. Hashim y Umayya, los jefes de los dos clanes kuraishíes que se disputan el poder en la Meca preislámica. Al-Abbás era el tío del Profeta cuyo parentesco reclamarán los hashimíes (después abbasíes). Ali, era el fundador de la "shia" o partido alida. Muawiya, fundador de la dinastía omeya. Abu al-Abbás, fundador de la dinastía abbasí.

les. Representantes de estas tribus ofrecen a Mahoma la jefatura política de Yathrib, comprometiéndose a defender a él y a los adeptos que le acompañen «como si fueran uno de los suyos». Este compromiso, conocido como el «Juramento de al-Akaba», provocó en la Meca una profunda irritación, pues significaba la violación de los vínculos de sangre y el desafío, por tanto, a uno de los pilares básicos de la organización social. Mahoma y un grupo de sus seguidores huyen a Yathrib (en adelante Medina; en árabe Medinat al-Nabi, «La Ciudad del Profeta») en el verano del 622. Es la Hégira, la Emigración de la Meca a Medina.

A su llegada a Medina, los principios dogmáticos, ritos y prescripciones básicas de la nueva religión, el Islam, están prácticamente formulados. En Medina pasará sus últimos diez años (622-632), ocupado más en cuestiones políticas que religiosas, como la formulación de disposiciones de orden social y jurídico o la aceptación de su autoridad en la Meca, circunstancia que no se produce hasta los últimos meses de su vida.

La Sucesión del Profeta y la expansión del Islam

Al morir sin hijos varones y sin haber dejado instrucciones sobre su sucesión, se desatan las pasiones partidistas. La falta de disposiciones legales sobre una cuestión tan fundamental, aspecto no resuelto ni en el Corán, conjunto de revelaciones, ni en la Sunna, conjunto de hechos y dichos del Profeta, hacía de la Jefatura de la Comunidad Islámica un tema abierto en el que diversas candidaturas se consideraban igualmente legitimables. Así, las defendidas por:

- Los Muhadjirun, «los que emigran» con Mahoma, también llamados Compañeros: son los primeros adeptos de la Meca, los musulmanes que tuvieron que soportar el duro acoso social.
- Los alidas o shiitas: partidarios de Ali, el yerno y primo del Profeta. Mayoritariamente de Medina, constituyen el «partido» («shia») más precoz en el seno de la comunidad musulmana. La decisión con que defendieron los intereses de Ali, y en el futuro de su familia,

> **La sucesión**

La familia del Profeta y su singnificación política.

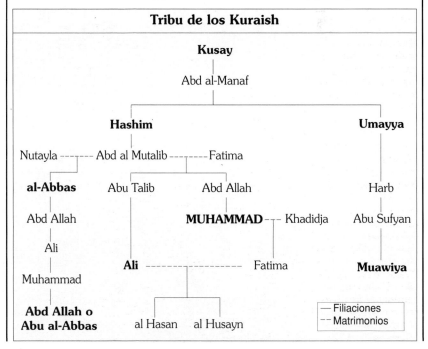

Tribu de los Kuraish

Kusay

Abd al-Manaf

Hashim — Umayya

Nutayla ----- Abd al Mutalib ----- Fatima

al-Abbas — Abu Talib — Abd Allah — Harb

Abd Allah — MUHAMMAD -- Khadidja — Abu Sufyan

Ali — Ali ------- Fatima — Muawiya

Muhammad

Abd Allah o Abu al-Abbas — al Hasan — al Husayn

— Filiaciones
-- Matrimonios

19

se debe al convencimiento de que la actitud de Mahoma con su yerno respondía a su voluntad de nombrarle sucesor.

• Los Kuraishíes de la Meca, que de acuerdo con los principios de la sociedad tribal apelaban a los vínculos de sangre con Mahoma, a pesar de su resistencia inicial a abrazar el Islam.

Del grupo de los Compañeros proceden los tres primeros «califas bien guiados», o califas ortodoxos (632-656): Abu Bakr, Umar y Uthman; de los alidas o shiitas, el cuarto y último califa ortodoxo, Ali (656-661); de los kuraishíes, las dos dinastías que mantuvieron, más o menos íntegramente, la unidad formal del imperio islámico hasta la llegada de los mongoles a Bagdad (1260): la dinastía omeya (661-750), del clan de los Umayya y la dinastía abbasí (750-1260), del clan de

Mahoma con su hija Fátima y su primo y yerno Ali. Fátima fue fruto de su matrimonio con Khadidja, una rica viuda de la Meca quien, hasta su muerte, sería la única esposa del Profeta. Ali era hijo de Abu Talib, tío de Mahoma y su protector a partir de la temprana orfandad del fundador del Islam. El matrimonio de Fátima y Ali fundamenta las expectativas a la sucesión de este último cuando se produzca el fallecimiento de Mahoma en 632.

los Hashim, cuyos soberanos toman el nombre del tío del Profeta, al-Abbás.

Desde el año 632 hasta la presencia de los primeros contingentes árabes en nuestra Península, la acción política de los cuatro primeros califas, desde Medina, y de los primeros omeyas, desde Damasco, suponen una eficaz contribución al fortalecimiento del incipiente estado islámico, a pesar de los acontecimientos traumáticos que se vivieron durante los últimos años del gobierno de Medina —su desenlace final fue la escisión de la comunidad musulmana entre sunnitas y shiitas— y de los numerosos focos de oposición a los que tuvo que enfrentarse Damasco. Entre las medidas adoptadas en estos ochenta años, la que más directamente afectó a nuestra Península fue la reanudación del avance por el

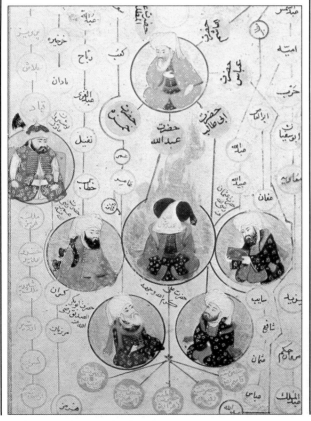

Árbol genealógico de Mahoma según una crónica turca. Rodean al Profeta —siempre en forma de llama— los primeros califas. Completan las representaciones figurativas Abd al-Muttalib, su abuelo, y al-Abbás, su tío, que dará nombre a la dinastía que a mediados del siglo VIII derrocará a los omeyas. Los cuatro primeros califas se llaman «rashidun», «bien guiados» por haber contado con el ejemplo personal de Mahoma.

Norte de África, estancado por las guerras civiles entre alidas y omeyas durante las décadas del 650 y 660.

Cuando el primer califa omeya reemprende la «marcha hacia el Oeste», el límite occidental del estado islámico era la Cirenaica. Los ejércitos árabes van a encontrarse a partir del Magreb, a partir de Túnez, con un doble obstáculo: por un lado, los dominios bizantinos, que se extienden por la franja costera, y por otro las tribus beréberes en las regiones no romanizadas, reacias siempre a soberanías ajenas.

Para maniobrar mejor frente a los dos enemigos, se fundó en el 670 el «amsar», o campo militar de Kairuán, en un lugar intermedio entre Cartago, clave del dominio bizantino en el Mediterráneo, y las aglomeraciones beréberes. Durante algunos años hubo correrías espectaculares, como la de Oqba ibn Nafi, que atravesó el Atlas y regresó por la llanura atlántica, pero no se concretaban en establecimientos definitivos. Hay que esperar casi treinta años para que caiga Cartago y los árabes puedan dirigir sus esfuerzos a doblegar el otro obstáculo, los beréberes.

Cartago era el más importante bastión bizantino en el Mediterráneo. Su caída fue decisiva para acelerar la expansión islámica por el Norte de África. En la imagen, ruinas de Cartago.

La resistencia beréber más dura se dio en las montañas del Aurés, en Argelia. Apagado este foco, el avance hasta el Atlántico se efectuó sin contratiempos. Las nuevas tierras pasaron a constituir la provincia de Ifrikiyya. La capital se estableció en Kairuán, y fue nombrado como primer gobernador un jefe kalbí, Musa ben Nusayr, quien había dirigido las últimas operaciones de conquista; hacia el 708 todo el Magreb estaba en poder de los musulmanes.

Cuando el control militar del sector más occidental de Ifrikiyya estaba asegurado, y podía pensarse en una nueva acción expansiva, presumiblemente hacia el Sur, llegan del Norte, del otro lado del estrecho, ecos de una situación política confusa, que les hará cambiar el rumbo de la expansión.

La capital de la nueva provincia de **Ifrikyya es Kairuán.** Su origen, como el de otras grandes ciudades del Oriente —Fustat (El Cairo), Bagdad, Kufa, etc.— proviene de su condición de campo militar. Las proporciones de su mezquita ilustran un vigoroso crecimiento, no exento de graves contratiempos. En la ilustración, patio de la mezquita de Kairuán (Túnez).

23

2

Al-Andalus provincia del imperio islámico (711-756)

Decadencia de la monarquía visigoda

En la Península, el reino creado dos siglos antes por los visigodos no había sabido forjar un sentimiento de comunidad. Era difícil que los cien mil visigodos, que se estima entraron en oleadas sucesivas, pudieran levantar una Hispania que participaba del mismo clima de ruina que el resto del Imperio de Occidente: aldeas en lugar de ciudades, relaciones comerciales interrumpidas, comunicaciones precarias que propiciaban mundos cerrados, inmensa mayoría de una población viviendo en el límite de la subsistencia. El vacío del imperio había despertado inseguridad y la relación súbdito-estado tendía a suplirse por las solidaridades o encomendaciones personales: el pequeño propietario entrega tierras y li-

La iglesia visigoda de San Juan de Baños, tan grandiosa para su tiempo, podría hacer pensar en la fuerza y arraigo del cristianismo en la sociedad peninsular. Sin embargo, en vísperas de la presencia islámica en nuestro territorio, quedaba lejos el peso del estamento eclesiástico, orientador en otro tiempo de la acción política de la monarquía visigoda.

bertades a quien puede garantizar su seguridad, es decir, al gran propietario, cuyos dominios pronto se convertirán en señoríos.

La monarquía visigoda nunca logró restaurar la antigua autoridad del Imperio ni impedir, por consiguiente, el camino hacia la feudalización. Los esfuerzos por encontrar cauces a su fusión con los hispanorromanos, evidentes en las leyes que derogaban la prohibición de los matrimonios mixtos, en la conversión de Recaredo, o en la concepción territorial del derecho que inspira el *Liber Iudiciorum*, no prestaron la suficiente fuerza a la monarquía para evitar que los grandes señores arrebatasen al Estado funciones consideradas públicas.

La monarquía utilizó su escasa fuerza para aumentar los bienes privados del rey, siendo las confiscaciones el medio más habitual de enriquecimiento. Por su parte, los grandes señores trataron de protegerse, fortaleciendo sus propiedades. Para ello, mantienen el mayor número posible de siervos y hacen más difícil la liberación de los vínculos de la servidumbre.

La historia del régimen visigodo es una serie ininterrumpida de conflictos entre monarquía y nobleza.

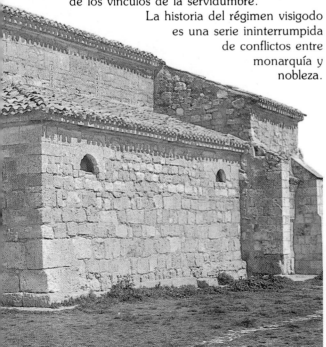

Amplias áreas rurales seguirán ancladas en creencias que bordeaban el paganismo, lo que hizo imposible que la Iglesia liderara movimientos de resistencia frente al empuje islámico.

Los visigodos

Los beréberes son los pueblos autóctonos del norte de África apenas afectados por la presencia de colonias extranjeras. El beréber, término despectivo como el «barbari» latino, no tiene conciencia de pertenecer a ninguna «comunidad». Obviamente, los primeros que llegan a la Península, proceden de las proximidades del estrecho.

El último capítulo se produce a la muerte de Witiza, en el año 710, cuando es nombrado heredero uno de sus hijos, todavía menor. La oposición aristocrática se decantó por el duque de la Bética, Rodrigo y, una vez más, logró imponer a su candidato. El motivo formal del levantamiento pudo ser el quebrantamiento del principio de elegibilidad, pero el motivo real era más profundo: el desencanto que entre la nobleza y el clero habían provocado las medidas adoptadas por Witiza encaminadas a restituir gran parte de las confiscaciones dictadas por su padre y a revocar la legislación antijudía.

Las consabidas expropiaciones de que será objeto la familia de Witiza empujan a sus representantes a cruzar el estrecho para solicitar la ayuda de los árabes, que recientemente habían conquistado el Magreb. El gobernador de Ifrikiyya parece dudar, pero en el verano de 710 una expedición de cuatrocientos beréberes pudo comprobar que sus actos de pillaje por comarcas próximas al estrecho se habían realizado con total impunidad. Musa ben Nusayr accede a que un ejército, formado por beréberes de las proximidades del estrecho, se traslade a la Península.

La conquista: Tarik, Musa y Abd al-Aziz

En la primavera del año 711, Tarik ben Zyad, jefe beréber de los alrededores de Tánger y *mawla* del gobernador de Ifrikiyya, cruza el estrecho con siete mil beréberes —poco después se le añadirán otros cinco mil—, acampa en la montaña que tomaría su nombre (Djabal Tarik, montaña de Tarik, Gibraltar), funda una pequeña base que le sirva de protección en caso de retirada, germen de la futura al-Djazira al-Hadrá («La Isla Verde», Algeciras), e, incorporadas las fuerzas de los hijos de Witiza, inicia la marcha hacia Toledo.

En el Wadi Lakka de los geógrafos árabes y el Guadalete de las crónicas cristianas, tiene lugar en julio de ese mismo año el choque entre el cuerpo de desembarco y las tropas del rey visigodo Rodrigo, tras suspender éste las operaciones contra los vascones que, en ese momento, le tenían ocupado. El encuentro fue un desas-

En esta página miniada del siglo XIV vemos representados a algunos de los principales protagonistas que según la historia y/o la leyenda intervinieron en el proceso de la ocupación islámica: Rodrigo, causa de la deshonra de una hija del Conde don Julián, exarca bizantino o gobernador visigodo de Ceuta. Opas, obispo de Sevilla, cuya sedición provocó la derrota de los rodriguistas y Tarif, el primer jefe beréber que comandó una correría en suelo peninsular.

tre para los rodriguistas, quienes, tras una semana de escaramuzas, parten en desbandada. Tarik prosigue su avance hacia el Norte, y las principales ciudades del reino visigodo, Écija, Córdoba, Toledo, van cayendo sin oponer resistencia.

En el verano del año siguiente desembarca un segundo cuerpo expedicionario formado por dieciocho mil árabes y dirigido por el propio gobernador de Ifrikiyya, Musa ben Nusayr. Sigue el trayecto Medina Sidonia-Sevilla-Mérida. En esta última localidad, una resistencia mayor de la prevista entretiene a parte del ejército en operaciones de asedio. El grueso de las fuerzas continúa hasta Toledo, donde se produce el encuentro, nada cordial, entre el gobernador árabe, Musa, y el jefe beréber, Tarik, poco preocupados, al parecer, por un reparto equitativo del botín. Ambos completaron, no obstante, el control del Valle del Ebro, último servicio que presta-

Toledo es el objetivo prioritario de Tarik y Musa. Capital de los visigodos, era sin discusión la ciudad más enriquecida, la que albergaba los tesoros más atractivos. No extraña que las situaciones más tensas entre el jefe beréber y el gobernador árabe se produjeran a raíz del reparto de estos tesoros entre cuyos objetos sobresalía la supuesta mesa del rey Salomón. Es en Toledo donde Musa desvelará las verdadera intenciones de ocupación al comprobar la debilidad de la monarquía visigoda.

ron en territorio peninsular, ya que fueron reclamados por el califa de Damasco, al-Walid.

Antes de dirigirse a Damasco, todavía en Toledo, Musa desvela sus intenciones a los witizianos: compensarlos con grandes propiedades territoriales y anexionar la Península a «Dar al-Islam», el espacio sometido a la soberanía islámica. La generosidad musulmana, a juzgar por el conformismo de los presuntos herederos, debió superar las confiscaciones de que fue víctima la familia a raíz del levantamiento de Rodrigo, y creó un marco de excelentes relaciones, que se manifiesta en la larga lista de herederos de Witiza que ocupan los más altos cargos «cristianos» de la administración cordobesa.

Las operaciones para completar el control —Évora, Santarem y Coimbra en Portugal, y Málaga, Granada y Murcia en el sudeste— fueron dirigidas por los hijos de Musa. Uno de ellos, Abd al-Aziz, será el primer gobernador de al-Andalus. En la región de Murcia, el se-

El sector sudoriental de la Península fue la última zona integrada al nuevo poder. En ausencia de Musa, fueron sus hijos quienes dirigieron estas operaciones. Hay que destacar, las capitulaciones suscritas por Abd al-Aziz, hijo de Musa y primer gobernador de al-Andalus, y Tudmir, el señor visigodo de Orihuela. En la imagen, interior de la alcazaba de Málaga.

30

ñor visigodo suscribe con los musulmanes el pacto que lleva su nombre —Tudmir—, considerado tradicionalmente como modelo de las capitulaciones que posteriormente acordarán hispanogodos y musulmanes.

Unos años bastaron para que el territorio poblado por varios millones de hispanogodos fuese controlado, salvo las regiones montañosas del Norte, por un ejército de apenas treinta mil combatientes. Sin embargo, nada hubo de milagro histórico, ya que las poblaciones sólo reaccionaron tímida y excepcionalmente, sin que la ocupación de una zona despertara la solidaridad de las zonas vecinas: la monarquía, o lo que quedaba de ella, había claudicado; los señores habían capitulado, y la Iglesia, ante la seguridad de mantener su organización y privilegios, no lideró ningún tipo de resistencia. Finalmente, la situación social predisponía a que se repitiera el mismo proceso de los territorios arrebatados por el Islam a los imperios bizantino y sasánida, donde la dureza de sus sistemas sociales había convertido a los conquistadores en libertadores.

La invasión

La celeridad de la «conquista» pone de manifiesto la falta de reacción de la población hispanogoda. La dureza del sistema social convierte a los conquistadores en libertadores.

31

Con el triunfo de la dinastía omeya, la capital del mundo islámico se traslada de Medina a Damasco. Los soberanos de la dinastía irán abandonando las formas patriarcales del califato ortodoxo y adornarán su capital con mezquitas cada vez más imponentes.

El gobierno de la provincia de al-Andalus

Pero ocupar no es lo mismo que administrar. Los elementos del nuevo estado, los órganos de poder del vasto imperio islámico, se van implantando con lentitud. Los recursos que Damasco agota en sus problemas «metropolitanos» —las fronteras con Bizancio, la oposición de los alidas— hacen descuidar los asuntos de las provincias, contribuyendo a aumentar las inclinaciones autonomistas de los gobernadores encargados de su administración y a que surgieran inevitablemente conflictos entre el califa y sus gobernadores.

A partir de la muerte de Abd al-Aziz (716) y durante cuatro décadas, veinte gobernadores, nombrados por Kairuán o por Damasco, ejercen una autoridad doblemente confusa: la lejanía y la precariedad de las comunicaciones hacían de al-Andalus un territorio incontrolable para Damasco, por lo que los gobernadores, instalados desde el 719 en Córdoba, son, de hecho, independientes; por otro lado, la estructura tribal de los contingentes árabes y beréberes hacen que el Estado (o sus instituciones) se conciba como un instrumento al servicio exclusivo del clan o de la tribu.

En efecto, el Islam no había disipado la estructura tribal de los conquistadores. Los beréberes de Tarik y los árabes de Musa siguen más los impulsos y los intereses de sus respectivos grupos tribales que los derivados de su pertenencia a la Comunidad Islámica. Originarios de espacios donde el pillaje era la actividad más cotidiana, la aventura de la Península sólo podía, a sus ojos, constituir una ocasión más para seguir acumulando botín.

A este mismo objetivo respondieron las tentativas contra la región septentrional y la Galia. Todas resultaron infructuosas, pues ninguna acabó en ocupación de territorios y dos concluyeron con reveses de una especial trascendencia: el sufrido en Covadonga (718) significó el primer freno al avance musulmán en *Ishbaniya* y pudo contribuir al nacimiento de un núcleo de resistencia cristiano; el sufrido en la «Calzada de los Mártires», cerca de Poitiers (732), ante los francos de Carlos Martel, marcó el límite septentrional de los árabes en Europa. Reveses minimizados por un amplio sector de la historiografía, al considerarlos como fruto del rechazo voluntario de los musulmanes a ocupar espacios que, por sus condiciones geográficas, les resultaban hostiles.

Protegidos por la inaccesibilidad del lugar, un reducido grupo de hispanogodos resiste en las montañas de la cordillera Cantábrica las tenues tentativas de expansión musulmana en la zona.

Revuelta de los beréberes y llegada de los sirios

La posibilidad del botín era, pues, lo que esporádicamente cohesionaba a grupos tan dispares: a los árabes de Musa —que contaba entre sus tropas con numerosos contingentes de kalbíes y kaysíes que, más tarde reproducirían en al-Andalus el viejo enfrentamiento tribal de la Península arábiga— y a los beréberes, extraídos de los más diversos grupos tribales sin ningún sentimiento de comunidad. Concluida la conquista, el reparto de las tierras ocupadas desencadenó las primeras tensiones entre los árabes, que se atribuyeron las tierras más fértiles, y los beréberes, obligados a conformarse con las tierras altas de la Meseta, Galicia y sectores montañosos del Sur, en un adelanto de la discriminación económica, y por tanto política, que durante siglos presidirá la relación entre ambos grupos.

Desde un principio los beréberes fueron la fuerza de choque del ejército musulmán. De hecho, los árabes solo cruzan el estrecho cuando ya está asegurada la falta de respuesta del reino visigodo. Completada la ocupación, se confirma su papel secundario con la asignación, para su asentamiento, de las tierras menos productivas.

Las dificultades para ejercer la autoridad se agravan a partir del año 740, cuando la revuelta kharidjita, iniciada en Tánger y de signo antiomeya, prende entre los beréberes de al-Andalus, que llegan a poner en peligro a las guarniciones de la misma Córdoba. Desde Siria llegan refuerzos para sofocar el levantamiento, lo que evitó la creación en la Península de un reino kharidjita, tal como sucedió en el Magreb a raíz de la misma rebelión. Logrado el objetivo, los servicios de los aproximadamente diez mil soldados sirios, los «djundíes», serán recompensados con la concesión en feudo de extensas tierras en diversas zonas de Andalucía y el Algarve, que no pasan a someterse a la administración de Córdoba hasta dos siglos más tarde. Por otro lado, los acontecimientos de Oriente relajarán aún más los lazos que unían a al-Andalus con Damasco.

Los djundíes

La afluencia hacia Damasco de las exacciones provinciales —al califa se le debe el «quinto» del botín— permiten construcciones progresivamente más suntuarias. Mosaicos de la Gran Mezquita de Damasco.

Fin de la dinastía omeya en Damasco

En estos años centrales del siglo VIII, los descendientes de los Hashim, aquel clan que en la época preislámica trataba de acabar con el predominio que los Umayya ejercían en la Meca, y los alidas, partidarios de los descendientes de Ali, el yerno del Profeta, forman un frente antiomeya ante el que no puede reaccionar Damasco. En el 750, un miembro de los hashimíes, Abd Allah, es proclamado califa, y se hará llamar Abu al-Abbás para dejar patente sus vínculos de parentesco con el Profeta, a través del tío de éste, al-Abbás.

Las decisiones de los primeros califas abbasíes no dejan lugar a dudas acerca de los verdaderos intereses

de la nueva dinastía: asignar a los alidas o shiitas, sus antiguos aliados, puestos secundarios de la administración y el ejército, en una clara manifestación de sus deseos de acabar con la alianza abbasí-alida; buscar otra sede para la capital del nuevo régimen, Bagdad, desplazada hacia el Este, para que simbolizara mejor la vocación «continental» de la nueva dinastía frente a la vocación «mediterránea» de la dinastía derrocada; y borrar todo recuerdo de los omeyas, profanando sus sepulturas y asesinando a su familia.

Uno de los escasos supervivientes es un joven de apenas veinte años, nieto de Hisham, el noveno califa de Damasco (724-743). Se llama Abd al-Rahman. Una larga y complicada odisea le llevará de Alepo, en Siria, a Almuñécar, en la costa granadina.

La capital de la nueva dinastía abbasí se desplaza hacia el Este y el influjo sasánida se hace más intenso. Los abbasíes no descuidan el fomento de una religiosidad que cada vez tiene manifestaciones más espectaculares, como esta grandiosa mezquita de Bagdad.

37

3

La creación del Estado (756-822)

Abd al-Rahman, el joven superviviente de la matanza de Damasco, huye de su refugio de Alepo, y con un pequeño séquito de partidarios se dirige hacia el Oeste, hacia el Norte de África, donde los efectos de la revuelta abbasí, iniciada en el otro extremo del imperio, se adivinaban más calmados. Tras cuatro años de estancia, no siempre fácil, en distintos lugares de Ifrikiyya, llega a las proximidades de Nokour, en la costa mediterránea marroquí, región de donde era originaria su madre, una esclava beréber. Con toda seguridad, su séquito se había ampliado por esas fechas con miembros y clientes de su familia, huidos de la persecución abbasí, disponiendo así de un ejército privado con el que poder respaldar las aspiraciones territoriales de la dinastía. Los vínculos de sangre hacían razonable que su autoridad se aceptara en la región de Nokour, pero, una vez más, la situación de la Península determinó que los proyectos tomaran otros rumbos.

Restauración omeya en al-Andalus

En al-Andalus, las tensiones de Oriente se habían traducido en un absoluto vacío de poder, multiplicándose las ocasiones para que se desarrollaran los enfrentamientos étnicos. El permanente estado de guerra en que vivían en al-Andalus las dos grandes agrupaciones tribales de la penínsul arábiga, kalbíes y qaysíes, dio pie a la intervención de partidarios omeyas en la resolución de algunos conflictos. Estas intervenciones les permitieron establecer contactos con los sirios, el grupo más compacto por su procedencia común, el mejor situado para erigirse en árbitros de la situación política de al-Andalus por el papel que desempeñaron en la represión de las revueltas beréberes y el más pro-omeya, por provenir de Siria, feudo originario de los primeros omeyas.

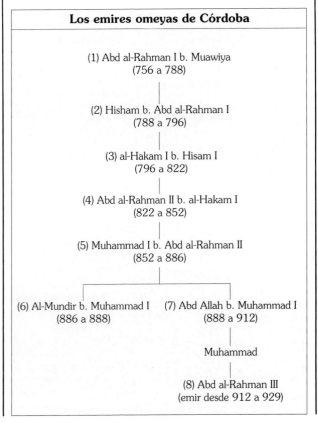

Los emires omeyas de Córdoba

(1) Abd al-Rahman I b. Muawiya
(756 a 788)

(2) Hisham b. Abd al-Rahman I
(788 a 796)

(3) al-Hakam I b. Hisam I
(796 a 822)

(4) Abd al-Rahman II b. al-Hakam I
(822 a 852)

(5) Muhammad I b. Abd al-Rahman II
(852 a 886)

(6) Al-Mundir b. Muhammad I
(886 a 888)

(7) Abd Allah b. Muhammad I
(888 a 912)

Muhammad

(8) Abd al-Rahman III
(emir desde 912 a 929)

Los omeyas en Damasco habían roto con el principio electivo del califato ortodoxo e instaurado el principio dinástico, principio que en al-Andalus seguirá rigiendo el juego de las sucesiones. No obstante, el no reconocimiento del derecho de primogenitura, constituirá una amenaza para que surjan los conflictos familiares con ocasión de la muerte de un soberano.

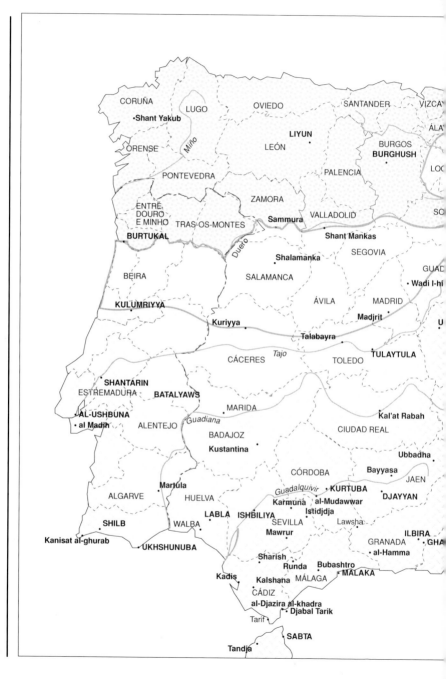

CORUÑA
•Shant Yakub
LUGO
OVIEDO
SANTANDER
VIZCAY
ÁLA
LIYUN
•
LEÓN
BURGOS
BURGHUSH
ORENSE
Miño
LOC
PONTEVEDRA
PALENCIA
SO
ZAMORA
ENTRE
DOURO
E MINHO
TRAS-OS-MONTES
VALLADOLID
Sammura
BURTUKAL
Duero
Shant Mankas
Shalamanka
•
SEGOVIA
BEIRA
SALAMANCA
GUAD
• Wadi l-hi
KULUMRIYYA
ÁVILA
MADRID
Madjrit •
Kuriyya
•
Talabayra
U
Tajo
CÁCERES
TOLEDO
TULAYTULA
SHANTARIN
ESTREMADURA
BATALYAWS
AL-USHBUNA
MARIDA
•
Kal'at Rabah
• al Madin
ALENTEJO
Guadiana
CIUDAD REAL
BADAJOZ
Kustantina
Ubbadha
CÓRDOBA
Bayyasa
JAEN
Guadalquivir • KURTUBA
Martúla
Karmuna   al-Mudawwar
DJAYYAN
ALGARVE
HUELVA
Istidjdja
LABLA   ISHBILIYA
SEVILLA
Lawsha
SHILB
WALBA
Mawrur
ILBIRA
GRANADA • GHA
Kanisat al-ghurab
UKHSHUNUBA
• al-Hamma
Sharish
Runda   Bubashtro
Kadiş
Kalshana   MÁLAGA
MALAKA
CÁDIZ
al-Djazira al-khadra
• Djabal Tarik
Tarif
SABTA
Tandja
•

Arbuna

Karkashuna

Haykal al-Zahra

COA

BANBALUNA
PLONA

LÉRIDA

Djarunda

WASHKA
HUESCA

GERONA

ila

SARAKUSTA

BARCELONA

ZARAGOZA

LARIDA

BARSHILUNA

Kal'at Ayyub

Ebro

TARRAGONA

TARRAKUNA

TURTUSHA

TERUEL

Sahlat Bani Razin

CASTELLÓN
DE LA PLANA

Tirwal

nka

MINURIKA

al-Bunt

MAYURIKA

VALENCIA

BALANSIYYA

Júcar

Djazirat Shukr

YABISA

AL-SHARKIYYA

Djandjala

Shatiba

DANIYYA

AL-DJAZA'IR

ETE

Alsh

Lakant

a

ALICANTE

Segura

Uryula

MURCIA

MURSIYYA

Lawraka

Kartadjannat al-halfa

Bayra

RIYYA

	Tierra de Nadie
	Territorios cristianos
	Territorios musulmanes

Las fronteras entre al-Andalus e Ishbaniya son prácticamente estables a partir de Abd al-Rahman I, el cual no emprende ninguna acción contra la labor repobladora del rey asturiano Alfonso I. La existencia de una zona de nadie fue un factor decisivo para la consolidación de las áreas cristianas y musulmanas, pues fue el marco en el que se dirimieron muchos de sus enfrentamientos.

41

Bien porque los beréberes de Nokour ofrecieran una resistencia más dura de la prevista, o bien porque las insinuaciones de sectores sirios en favor de una candidatura omeya fueran acogidas con entusiasmo por uno de los grupos tribales, los kalbíes, Abd al-Rahman accede a explotar las nuevas posibilidades políticas que se le ofrecen desde al-Andalus y emprende la aventura de la Península.

En el verano del 755 desembarca en Almuñécar. Los intentos de reconciliación del gobernador de al-Andalus fracasan y Abd al-Rahman se dirige a Córdoba, donde sofoca los últimos reductos de la resistencia. En mayo del 756 recibe la «baya», acto de acatamiento, por parte de los clanes árabes y beréberes. Así concluía la dependencia política de al-Andalus, que dejaba de ser provincia y se convertía en estado soberano.

La implantación de la nueva dinastía exigió del primer emir la solución de graves problemas: la insumisión de los beréberes, que durante diez años se habían hecho dueños de la región entre el Tajo y el Guadiana; la oposición de los kalbíes, desencantados por el trato poco generoso del emir; y las conjuras urdidas por sus parientes. La dureza con que castigó estos brotes de disidencia le permitió ejercer el poder despóticamente.

La actual provincia de Granada era una de las zonas asignadas a los «djundíes», los soldados sirios llegados para reprimir la revuelta beréber. Es allí donde el futuro Abd al-Rahman I encontrará un apoyo más sólido. Vista parcial de la alcazaba de Granada.

La frontera y las Marcas

Cuando Abd al-Rahman I inaugura su reinado, el avance repoblador del reino asturiano había empezado a dar sus frutos. En los años precedentes, Alfonso I, jefe del núcleo asturiano, había ampliado sus territorios aprovechando el abandono de Galicia por parte de los beréberes ante la crueldad del hambre del año 750 en la región, la llegada de nuevos pobladores cristianos a Asturias, menos castigada por la hambruna, y las rebeliones interiores, que dejaron a Córdoba sin capacidad de reacción.

El primer emir tuvo que aceptar la línea del Duero como frontera de la soberanía cristiana y nunca intentó una revisión territorial de las «usurpaciones» efectuadas por el rey asturiano. En esta actitud de relajación, pudo contribuir una mejor conciencia del espacio peninsular y de la escasez de recursos humanos, que explicaría, además, el repliegue voluntario hacia las zonas más meridionales y el establecimiento de una línea amplia de

El primer impulso expansivo del núcleo cristiano de las montañas del Cantábrico, proviene de Afonso I (en la imagen), quien dirige la repoblación de las áreas desocupadas por los beréberes. La frontera cristiana empieza a estabilizarse en el Duero.

Los conflictos de competencias entre el emir de Córbota y los gobernadores de las Marcas, nunca resueltos definitivamente, facilitan la intervención extranjera. Por otro lado, los numerosos problemas surgidos en el interior del Imperio impiden a Carlomagno (cuyo retrato vemos sobre estas líneas) consumar el asedio de Zaragoza.

44

despoblación entre las dos fronteras. Esta «tierra de nadie» se extendía desde la llanada de Lérida hasta la desembocadura del Duero; la separación entre los dominios cristiano y musulmán sólo se interrumpía en dos puntos de contacto: la cuenca media del Ebro y la costa catalana. Los castillos con que los cristianos fortificaron las dos zonas de contacto dieron nombre a «Castilla» y a «Cataluña».

Los territorios bajo soberanía musulmana lindantes con la zona vacía, integran las tres Marcas o provincias fronterizas. Estas son la Marca Superior, Media e Inferior, con sus capitales respectivas, Zaragoza, Toledo y Mérida. Por su situación estratégica, sus gobiernos gozaban de mayores atribuciones que el resto de las provincias; la más importante, tener a su disposición importantes sectores del ejército, que va a permitir el desarrollo en al-Andalus de la vieja vocación autonomista de las provincias, ya advertida, desde los primeros momentos de la expansión islámica más allá de la península arábiga. Las tres Marcas serán, a partir de entonces, el escenario de movimientos de secesión que se prolongan hasta el califato, constituyendo el más poderoso factor de erosión de la autoridad de Córdoba, al someter a los ejércitos de los emires a un desgaste mayor que el producido por la presión de los cristianos.

En uno de estos movimientos de secesión se inscribe la acción de Carlomagno en Zaragoza, cuyo asedio ha de interrumpir al tener que sofocar conatos de rebeldía surgidos en otros territorios de su jurisdicción. Desde la conquista de Narbona por los francos en el año 751, no se había registrado ninguna actividad militar a uno y otro lado de los Pirineos. Todo hace pensar que no se trató de un proyecto espontáneo del rey franco, sino de la solicitud de ayuda del gobernador de la Marca Superior para desvincularse de la soberanía del emir. La retirada del ejército franco —el desastre de la retaguardia sería inmortalizado por la *Chanson de Roland*— provoca la reanudación de las incursiones musulmanas por el Sur de la Galia. Los actos de pillaje y destrucción que se producen en todas las correrías van forjando un sentimiento antiárabe en toda la región que explica la fácil integración de Gerona en los dominios francos a raíz del ofrecimiento espontáneo de sus habitantes.

La ficción califal

Durante el reinado de Abd al-Rahman I se acelera el proceso de consolidación de una nueva organización del Estado, que convierte sus instituciones en medios efectivos de poder. Para ello, la administración del período de los gobernadores hubo de adaptarse a la nueva condición de estado independiente.

La independencia de un territorio de la comunidad islámica era incompatible con la concepción que se tenía del Califa como «Amir al mu'minin», jefe o guía de los creyentes. La contradicción pudo superarse aceptando la autoridad religiosa del califa de Bagdad. El respeto omeya al califa abbasí se concretaba en el cumplimiento de determinadas prescripciones: no adoptar en el protocolo el título de «Amir al mu'minin», invocar al califa en el sermón de los viernes y grabar en las monedas el nombre del califa. A este conjunto de gestos de respetabilidad formal, que no implicaban ninguna interferencia en la esfera política, se ha dado en llamar «ficción califal».

Los omeyas, desde su instalación en Córdoba, pudieron desarrollar todas las funciones políticas asignadas al califa: presidir las expediciones contra los infieles, dirigir las campañas contra los rebeldes, nombrar directamente a los más altos funcionarios, arbitrar en último recurso y, sobre todo, asegurar la vida material de la comunidad mediante la percepción de impuestos.

La «Khutba» o sermón de los viernes es uno de los actos públicos cargados de mayor significación política. Numerosas revueltas fueron resultado de las arengas del imán.

Reformas tributarias

La acumulación de los recursos necesarios para que el nuevo estado hiciera frente a todos sus compromisos sólo podía provenir del perfeccionamiento de la recaudación y del endurecimiento del sistema tributario. Ambos objetivos se logran atribuyendo mayores competencias al órgano encargado de la fiscalidad de los que «no hablan árabe» —judios y cristianos— y reduciendo los privilegios fiscales de los musulmanes, para evitar que el creciente número de las conversiones significara una disminución de los ingresos.

Los sistemas fiscales basan su eficacia en la capacidad coercitiva, en la capacidad para castigar en caso de incumplimiento, en el temor al aparato represivo. Abd al-Rahman lo consigue acabando con las conductas anárquicas del período provincial (los soldados se apoderaban a título personal de lo que pillaban) e integrando en su ejército tropas de mercenarios «sakaliba». Estos extranjeros formaron la guardia personal y los destacamentos militares de la capital, y en ellos encontrarán los soberanos omeyas un medio de equilibrar la excesiva presión que en cualquier momento podía provocar la diversidad tribal de los árabes de al-Andalus o la que podían ejercer mozárabes y muladíes.

Una gestión fiscal más eficaz fue una de las claves para que el emirato suscitara respetabilidad. Las transacciones comerciales son objeto de una mayor vigilancia que redundará en un progresivo aumento de los recursos públicos.

La implantación del malikismo

En Oriente, la tendencia a ordenar las fuentes del Derecho, visible desde mediados del siglo VIII, cristaliza en los años finales del siglo, con la aparición, dentro de la comunidad sunní, de cuatro vías o escuelas jurídicas que regulan el culto y el derecho. Las cuatro coinciden en que el Corán y la Sunna o Tradición del Profeta, son las fuentes prioritarias del Derecho; las diferencias se producen por el orden que la Tradición o Sunna de los primeros musulmanes ocupa dentro de la jerarquía legal, y por la aceptación o rechazo del principio de interpretación personal en el caso de vacío legal.

La corriente que arraiga en al-Andalus es el malikismo. Fundada por el imán de Medina, Malik ben Anas, su implantación responde a razones dogmáticas y de oportunidad histórica: aprobaba el levantamiento del primer omeya contra Ali, lo que venía a significar la legitimización de toda la dinastía; rechazaba todo intento de interpretación personal, asegurando un conservadurismo ideológico que daba seguridad al poder y era la corriente en boga de Medina, destino de la mayor parte de estudiosos que, a instancias del piadoso emir Hisham I (788-796), salían de al-Andalus para perfeccionar sus conocimientos de teología y derecho.

El Corán es para los musulmanes la palabra de Dios, y por tanto, la más perfecta manifestación de la lengua árabe. Fuente primera del derecho islámico, su estudio ha sido, y sigue siendo abordado desde las más diversas perspectivas por la intelectualidad islámica y el orientalismo europeo. Desde finales del siglo VIII su divulgación se extiende por todo al-Andalus y, a través de los alfaquíes de la escuela malikí, será referencia obligada de todo el sistema jurídico de la España musulmana.

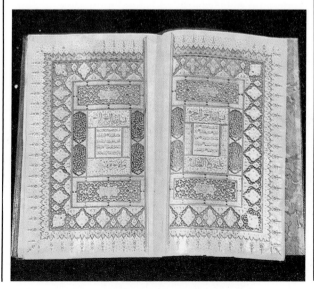

Las revueltas de Toledo y Córdoba

Un poder legítimamente establecido y un cuerpo represivo más profesionalizado dotaban de mayor solidez al régimen, pero al mismo tiempo creaban nuevos vínculos con los grupos que lo sustentaban ideológicamente —los alfaquíes— y lo defendían militarmente —los mercenarios—. Para cumplir los compromisos derivados de los nuevos vínculos y apoyos, se imponía un aumento y una redistribución de los fondos públicos.

El rechazo a la mayor presión tributaria o al reajuste de los recursos del emirato contribuye al rebrote sedicioso de las Marcas y de la propia capital, que caracterizó el cuarto de siglo del tercer emir al-Hakam I (796-822). En los dos episodios que más peligrosamente sacudieron al régimen —«La jornada del Foso», en Toledo (797) y «El motín del Arrabal», en Córdoba (818)— el recelo de muladíes toledanos y de musulmanes «viejos» cordobeses a la reforma fiscal pesó mucho más que el carácter impulsivo del emir, su manera sumaria de impartir la justicia o la prepotencia de los mercenarios de su guardia personal. La implacable represión decretada por el emir dejará secuelas duraderas: el terror paraliza durante años toda respuesta, pero la impresión creada entre la población despierta sentimientos antiomeyas que tenderán a manifestarse en cuanto la presión de Córdoba se debilite.

Capitulación de Barcelona

Las rebeliones interiores obligaban a dejar sin respuesta los ataques de los cristianos contra los territorios fronterizos. La presión más amenazadora provenía de la frontera con los francos, más frágil al existir entre el Ebro y los Pirineos una amplia zona, permanentemente disputada y que oscilaba de una dominación a otra. La recuperación carolingia permite una nueva ofensiva, culminada con la capitulación de Barcelona en el 801. A partir de entonces, Ludovico Pío no encontrará excesivas resistencias para integrar en la monarquía franca los territorios de la Cataluña Vieja, sumándose a las tierras peninsulares que definitivamente quedaban desgajadas de la soberanía islámica. En adelante, Barcelona será el baluarte más avanzado del poderío franco frente a al-Andalus, que ve retroceder sus límites hasta Tortosa, en la desembocadura del Ebro.

La Cataluña subpirenaica había sido una de las zonas de más intensa romanización, sin que la ocupación visigoda produjera ninguna ruptura en esta situación. Su integración en el imperio carolingio no impide la existencia de unidades socioproductivas prácticamente autónomas y escasamente entrelazadas entre sí. Con los herederos de Carlomagno, la tendencia a la disgregación se generaliza en todo el Imperio favoreciendo las inclinaciones independentistas de la Marca Hispánica.

La Peregrinación a la Meca, uno de los cinco «pilares» del Islam, tiene lugar en la primera quincena del último mes del calendario musulmán. Es la ocasión para una toma de conciencia de la fuerza de la comunidad musulmana. La imagen nos muestra a unos peregrinos descansando en su viaje hacia La Meca.

Un músico llega a Córdoba

Los últimos años de al-Hakam parecen más tranquilos. A partir del 815-816 ya no se registran enfrentamientos con francos ni cristianos del Norte peninsular, permitiendo, pese a la gravedad del motín del Arrabal, la aparición de síntomas de una nueva formulación del Estado, plenamente desarrollada con los siguientes emires: la tradición siria o beduina, a la que habían sido fieles los tres primeros omeyas, y que hacía del emir ante todo un jefe de tribu, va cediendo ante la manera oriental de entender el poder menos comprometido con las imposiciones de la sangre y abierto a apoyos sociales más amplios.

Sobre todo en Córdoba, el espíritu de clan —asabiyya— pierde fuerza, las principales familias árabes se emparentan con las muladíes y el séquito del emir no está formado exclusivamente por nobles originarios de Arabia. En el ejército se integran los numerosos cautivos procedentes de las áreas cristianas y beréber, producto de las lucrativas expediciones hacia esas zonas.

Por otro lado, la frecuencia de las peregrinaciones y las prolongadas estancias de estudiosos de al-Andalus en los centros intelectuales de Oriente trasladan el gusto por la poesía y la música.

La prosperidad económica de los primeros abbasíes había permitido un generoso mecenazgo, que favorecía la eclosión de músicos y compositores que rivalizaban en encantar a califas y grandes dignatarios. La música se había convertido en símbolo del poder real y parte integrante del esplendor. Al emir le llegan noticias de la presencia en Kairuán de un músico que ha huido de Bagdad para no ser víctima de los celos profesionales de su ex maestro. Al-Hakam le hace traer a al-Andalus, pero no podrá disfrutar de su música. Cuando Ziryab, el músico de Bagdad, desembarca en Algeciras, se produce el fallecimiento del soberano cordobés.

En las grandes ocasiones —bodas, circuncisión, fiestas religiosas— el musulmán de al-Andalus mostraba la misma atracción por la poesía, el vino y la música que los árabes de Oriente.

51

4

Orientalización y reacciones interiores (822-912)

La muerte de al-Hakam I no contraría los planes del músico de Bagdad de permanecer en al-Andalus: las condiciones que le proponen desde la corte, una considerable suma mensual y la propiedad de tierras muy productivas, fueron un argumento poderoso para que nunca abandonara Córdoba. En la capital alcanzó las más altas cotas de prestigio social, merced a su capacidad para impulsar la adaptación en al-Andalus de las pautas culturales que en Oriente regulaban las mentalidades, costumbres y usos de la vida cotidiana y personal.

Al margen de su excepcional aportación en el proceso de creación de la música andalusí, sus orientaciones respecto al vestido, peinado, cuidados corporales, etiqueta, mobiliario y utensilios domésticos, se convierten en normas ciegamente seguidas, primero, por la aristocracia y, posteriormente, por el resto de la sociedad cordobesa. Fue, sin duda, uno de los vehículos más eficaces para la apertura de al-Andalus al influjo oriental.

Pero no todo se debía a la aportación de un árbitro de la elegancia: cuando Abd al-Rahman II (822-852), el cuarto emir, accede al poder, el califa que haría popularísimo *Las mil y una noches*, Harún al-Rashid, encarnación de la magnificencia oriental, había fallecido

El vestido constituía uno de los signos distintivos de las diferencias sociales. Ciertos tipos de telas eran de uso exclusivo de la «khassa» o aristocracia y era habitual que los servicios prestados al emir o califa se recompensaran con valiosos vestidos.

hacía unos años. De él habían partido las últimas reacciones de Bagdad ante la creación de dos estados independientes: el omeya de al-Andalus y el idrisí de Marruecos, en el extremo occidental del imperio; reacciones que, por otro lado, nunca incluyeron despliegues militares limitándose al envío de algún agente para atizar rebeliones o para perpetrar algún atentado.

El temor que los omeyas sentían por los abbasíes se diluía con el paso de las generaciones y con la comprobación de la vocación continental, y no mediterránea, del estado abbasí. En un marco político menos receloso, los contactos se hicieron más frecuentes. Ahora, un número considerable de estudiantes e intelectuales de al-Andalus, hacen de Bagdad parada obligada en sus periplos por Oriente para completar su formación junto a los grandes maestros. La capital abbasí, con su grandiosa ciudad administrativa y sus residencias deslumbrantes, se convierte en el modelo que cabía imitar.

El prestigio de Bagdad

La Mezquita no sólo era lugar de oración, sino también de estudio. Sentados en círculos, los discípulos escuchaban al maestro.

La Corte cordobesa

La famosa escuela de medicina de Djundishapur, en Irán, dirigida por esclavos griegos, fue el centro de irradiación de los estudios sobre el cuerpo humano que permitirán un consistente conocimiento de las enfermedades y sus remedios. Contrasta esta actitud con los recelos que en el mundo cristiano suscitaba el estudio del cuerpo.

Aislamiento de la Corte de Córdoba

El influjo de Oriente hace que se reproduzca en al-Andalus el proceso abbasí de reforzamiento del carácter teocrático y carismático de la jefatura de la comunidad. Aunque respetando la «ficción califal», el emir emula la pompa y la majestad de los soberanos de Bagdad, reproduciendo comportamientos que estaban inspirados en el deseo de provocar respeto y temor: considerando que el contacto directo entre soberano y súbditos trivializaba la figura del primero y le restaba capacidad para suscitar respeto y/o temor, el emir desaparece a los ojos del pueblo, quien sólo percibe su presencia a través de las celosías de la macsura, los viernes en la mezquita, o en coloridos cortejos, con ocasión de algunas de las fiestas islámicas.

Recluido en residencias cada vez más monumentales, su retiro está asegurado por una cohorte inacabable de servidores que desarrollan los más variados oficios. A su alrededor se agitan poetas, músicos, astrónomos, lectores del Corán, orfebres, médicos, atentos a cuantos servicios requiera el emir o su familia.

Tres grupos llaman la atención: la guardia personal del emir, constituida por los «sakaliba», a quienes el pue-

blo llama «khurs»; el harén, donde conviven cautivas, favoritas, y esposas, no sólo del monarca reinante, sino también de los precedentes; y los eunucos, cuya mutilación les autoriza a circular por el gineceo real.

Algunos de sus miembros se distinguirán por la calidad de sus servicios; en torno a ellos se irán creando, con el tiempo, nuevos grupos de presión. Tanto los «sakaliba» que se han distinguido en las intervenciones militares, o las «Umm walad», concubinas del harén que dan hijos a los emires, ocupan posiciones de privilegio. Asimismo, los eunucos, testigos de la interioridad de los harenes, ven aumentar su ascendiente ante el soberano y ante las magistraturas más relevantes, conscientes del valor de la información en un mundo donde la intriga, la alianza frágil y la conjura eran recursos habituales para la promoción social o el enriquecimiento personal.

Una rígida etiqueta presidía todos los movimientos de la corte, pensados para hacer sentir el orden jerárquico de la sociedad y para mostrar que la cúspide de ese orden, el emir, era inaccesible.

Dentro del programa de construcciones civiles desarrollado por Abd al-Rahman II destaca la fundación de la «kasba» (alcazaba) de Mérida. La alcazaba albergaba las sedes de la administración y del ejército. En la capital de la Marca Inferior se producirá, ya con Muhammad II, la rebelión de su gobernador Abd al-Rahman ben Marwan.

Tranquilidad política y prosperidad económica

Mantener una corte tan numerosa, en la que quedaban incluidos los miembros de la familia del soberano (familia, en sentido amplio), un ejército que disponía de más medios y soldados, y una administración más burocratizada, sólo era posible con un incremento proporcional de los recursos del tesoro. Un cúmulo de circunstancias lo hizo posible:

— La tranquilidad del reinado, fruto de las escasas agitaciones interiores. Si exceptuamos la rebelión de la Marca Inferior (Mérida), donde beréberes y muladíes reciben promesas de ayuda por parte de la monarquía franca, el resto se redujo a disturbios muy localizados provocados por las rivalidades étnicas, por el rechazo de algunas poblaciones mal islamizadas a la autoridad de Córdoba, o por las correrías de alguna banda de salteadores de caminos.

— La prosperidad. Frente a la tendencia anterior al autoabastecimiento, se afirma la orientación hacia el consumo urbano, al alterarse el antiguo predominio del campo sobre la ciudad en favor de ésta. La nueva orientación urbana de la economía se debe a la creación de un mercado interior y a la integración de al-Andalus en el amplio circuito comercial del imperio islámico, aun-

que gran parte de sus beneficios no repercutiera en la riqueza «nacional», al ser judíos de la Narbonense, en su mayoría políglotas, los encargados de dirigir este tráfico.

— Una coyuntura internacional definida por el repliegue cristiano al Norte y las dificultades de la monarquía idrisí al Sur que va a permitir, respectivamente, organizar fructíferas aceifas y establecer alianzas con principados norteafricanos. Estos pequeños estados supondrán una fuente de suministro de soldados y una defensa ante eventuales veleidades agresivas venidas de Oriente.

— Una organización fiscal que controla con mayor rigor las transacciones y exprime con mayor dureza a la comunidad cristiana. Conocida la doctrina fiscal del Islam —tributación desigual entre musulmanes y «dimmis» o «protegidos»—, era previsible que, a medida que aumentaban las conversiones al Islam, se hiciera todavía más intensa la presión tributaria sobre quienes permanecían fieles a su antiguo credo, especialmente sobre los cristianos o mozárabes.

Un sofisticado sistema de regadío, que llevaba siglos aplicándose en Siria e Iraq, sería uno de los impulsos para el desarrollo espectacular de la agricultura en al-Andalus, capaz de satisfacer las necesidades de una población eminentemente urbana.

La revuelta mozárabe

La reacción de los mozárabes de Córdoba va a constituir, en la década 850-860, el movimiento de protesta que más inquietó los últimos años de Abd al-Rahman II y los primeros de su sucesor. Se trata de un abierto desafío a la autoridad del estado, creando un clima de crispación, hasta entonces inaudito, que hizo difícil la relación entre las dos comunidades.

Alentados por la pasión y el ardor de Eulogio y Álvaro, los dos líderes más destacados de la comunidad mozárabe de Córdoba, siete monjes, un soldado cristiano de la milicia del emir, tres seglares cordobeses y las jóvenes Flora y María, profieren ante las autoridades musulmanas injurias contra Mahoma y su religión, aun a sabiendas de que incurrían en la pena capital. Todos fueron ejecutados y no se desaprovechó la ocasión para el montaje de espectáculos morbosos y multitudinarios.

Básicamente el estatuto jurídico de las población hispanogoda no convertida al Islam, no sufrió alteraciones. Siguió vigente para judíos y cristianos, el *Liber ludiciorum*. No obstante, su condición de «dimmis» o «protegidos» los sometía a un tratamiento discriminatorio, como la prohibición de manifestaciones públicas de su fe religiosa y, lo que era más importante, la obligación de un impuesto personal del que estaban exentos los musulmanes. El interés por mantener esta situación podría explicar el escaso proselitismo desarrollado por las autoridades de Córdoba.

58

Los incidentes registrados entre las dos comunidades en los años precedentes se habían limitado a mutuas agresiones verbales con motivo de manifestaciones externas del culto cristiano, como procesiones o entierros mozárabes. Ahora se trataba de un ataque frontal a los principios básicos de la sociedad islámica, perpetrado por una minoría acosada que presentía que la amplitud de la arabización podía extinguirla irremediablemente. Es la resistencia a desaparecer como grupo cultural lo que provoca esas desmesuradas pasiones, incomprensibles como simple respuesta a los abusos fiscales o al indudable fervor religioso de las víctimas.

Abd al-Rahman II, consciente del desprestigio que para Córdoba significaba la oleada de martirios, convoca en el último año de su vida el Concilio de Córdoba. Las autoridades eclesiásticas condenan los martirios voluntarios; los más exaltados persisten en su actitud de desafío y el siguiente emir, Muhammad I, desencadena una cruel persecución contra los cristianos, culminada con la ejecución de Eulogio en el 859.

Fue una represión ejemplarizante. En Córdoba, la atmósfera se hizo irrespirable para los mozárabes, quienes se refugiaron en Toledo o se instalaron como colonos en las nuevas tierras que, poco después, repoblara Alfonso III al Norte del Duero.

Tensiones entre árabes y muladíes

El estado heredado por Muhammad I (852-886) no presenta, hasta los últimos diez años de su vida, grietas que pongan en peligro la consistencia de la autoridad omeya, al no interrumpirse los fundamentos que habían prestado solidez al gobierno de su padre: se ratifican los vínculos de amistad con los principados norteafricanos y se controla la efervescencia endémica de las Marcas con soluciones expeditivas que sirven, además, para ahuyentar a los monarcas cristianos de cualquier proyecto agresivo.

En cambio, su última década se vio ensombrecida por la sequía y las epidemias que asolan el país en el 873-874 y por comportamientos que minaban el prestigio del Estado; cuando más aguda era la crisis económica, mayores eran las exigencias del fisco y mayores las sustracciones fraudulentas de sus altos funcionarios. La disminución de los recursos hace que el fasto sea menos

Aunque progresivamente, a medida que la administración se hace más compleja, el emir o el califa delega algunas de sus funciones en altos funcionarios, hay una que siempre se reserva: arbitrar en último recurso. Consecuentemente, es competencia exclusiva del soberano dictar sentencias sin posibilidad de apelación. El despotismo puede alcanzar niveles delirantes como hacer del jardín la «sala de Audiencias». En la ilustración, un soberano musulmán administra justicia en el jardín de su residencia.

60

ostentoso y que la autoridad se ejerza menos despóticamente.

Como siempre, la menor capacidad financiera del Estado plantea el problema de la redistribución. La conciencia de la superioridad árabe, de los descendientes de la primera oleada de conquistadores, de los originarios de la cuna del Islam, ya desarrollada frente a los beréberes, vuelve a activarse frente a los muladíes, musulmanes peninsulares, cuya fuerza, por su número y por la valiosa colaboración con los anteriores emires, ponía en peligro el orden jerárquico y la situación de privilegio de la aristocracia árabe.

Las tensiones árabe-muladíes, que se prolongan hasta el final del emirato, son el efecto no sólo de la disputa por los privilegios, sino del rechazo muladí a aceptar una superioridad que los árabes sentían sinceramente. La incomprensión mutua entre musulmanes «viejos» y neomusulmanes arrastró al estado omeya a situaciones muy difíciles y a un desgaste inútil de medios humanos y materiales que van preparando la grave y larga crisis de autoridad a la que sólo el califato pondrá fin.

Las tensiones árabe-muladíes

La proclamación de un soberano se revestía de unas formalidades que equivalían a un acto de investidura. En al-Andalus, reproduciendo usos orientales, el reconocimiento de la autoridad del emir o califa se hacía mediante la «baya»; consistía en estrecharse la mano, gesto que simbolizaba en las antiguas costumbres preislámicas la conclusión de un acuerdo. En la ilustración, imán recibiendo el juramento de fidelidad de sus súbditos.

61

La rebelión de Ronda

Al amparo de una geografía difícil, un muladí que en el curso de los acontecimientos volverá a su antigua religión, pone en jaque durante varias décadas a los últimos emires de Córdoba. No es fácil trazar con claridad el perfil político de este rebelde, Uman ben Hafsún. En la imagen, la Alpujarra malagueña.

La rebelión de la Serranía de Ronda

Sin fuerzas para frenar el despertar de los enfrentamientos étnicos, los reinados de al-Mundir (886-888) y de su hermano Abd Allah (888-912) están salpicados de innumerables movimientos sediciosos. Uno de ellos, el de la Serranía de Ronda, es más atípico: no es un levantamiento de las regiones fronterizas, su foco no está localizado en las ciudades y su jefe no puede alardear de linajes ilustres.

Umar ben Hafsún, hijo de un sastre de Ronda, presunto autor del asesinato de un vecino, se instala, huyendo de la justicia, en la fortaleza de Bobastro, en un escarpado pico de las montañas de Málaga. Pronto capitanea una banda de campesinos agobiados, descontentos y fuera de la ley que, al amparo del accidentado relieve, lanzan golpes de mano por las llanuras del Guadalquivir. Hay fases de aproximación con el gobierno de Córdoba en las que el rebelde participa en expediciones de castigo con el ejército del emir o es nombrado gobernador de su provincia, pero el desdén de la aristocracia árabe frustra las soluciones pacíficas y radi-

caliza las posturas. Ben Hafsún vuelve a su refugio y sus acciones dejan de limitarse a operaciones de pillaje al convertirse en una fuerza militar organizada que controla toda la zona montañosa entre el mar y el valle del Guadalquivir.

La insurrección ocupa al ejército de los emires, disminuido al tener que responder simultáneamente a las rebeliones que por toda al-Andalus suscita la forma, al parecer indigna, en que el emir Abd Allah accedió al poder (se le acusaba de estar detrás del asesinato de su hermano al-Mundir).

La debilidad militar del Estado hace que la tensión entre muladíes y árabes cobre mayor violencia. En muchas ciudades los incidentes sangrientos son cotidianos. El clima de anarquía es total. A finales de siglo se contabilizan más de treinta insurrecciones, que dan lugar a la aparición de innumerables «señoríos», gobernados en algunos casos por simples aventureros. Cuando muere Abd Allah, en el año 912, la herencia que recibe su nieto, Abd al-Rahman III, nada tiene que ver ya con un Estado unificado.

El desprestigio del Estado cordobés en las últimas décadas del siglo IX y primera del siglo X conduce a una falta de reconocimiento de su autoridad que invita a las tentativas expansivas de los reinos cristianos y explica el progreso colonizador de Alfonso III. El rey asturiano, aprovechando la rebelión de las Marcas contra los emires, llega hasta el Duero (Zamora, 883; Simancas, 899), río que se convertiría a partir de entonces en una frontera humana.

5

Detalle de arco lobulado que precede al mihrab de la mezquita de Córdoba. Este tipo de arco aparece en la segunda mitad del siglo X, proclamado ya el califato.

Hacia el esplendor político (912-976)

El nuevo emir, Abd al-Rahman III, tiene veintitrés años cuando sucede a su abuelo Abd Allah. Sobre éste había recaído la sospecha de estar detrás de dos muertes violentas: el envenenamiento de su hermano al-Mundir y el asesinato de su hijo Muhammad, padre de Abd al-Rahman III, acusado de encabezar una conjura. Los miembros más afectados por el nombramiento, tíos y tíos abuelos, no encabezaron ninguna reacción, conscientes de que en la decisión de Abd Allah habían pesado más las motivaciones «humanas» que las estrictamente políticas.

El silencio de los cronistas contemporáneos en torno a estas circunstancias, seguramente para no denigrar la memoria de la dinastía, contrasta con la exhaustiva repetición de las virtudes del monarca «...el más tolerante y, sin embargo, con un gran sentido de la majestad real, el más digno en la apostura, el más grave en las palabras y el más celoso en la observancia de una etiqueta estricta y de un protocolo teatral y pomposo».

La pacificación: el final de ben Hafsún

Ya hemos indicado la herencia que Abd al-Rahman III recibió de su abuelo: un Estado descompuesto y al borde de la anarquía, donde señoríos beréberes, muladíes y árabes se sustraían al poder y a la hacienda del emir. Éste, de hecho, no extendía su soberanía más allá de la capital y de su zona de influencia. La crisis política obstaculizaba el mantenimiento del comercio interurbano; al mismo tiempo debilitaba los vínculos con los pequeños estados norteafricanos, garantía del comercio con Oriente, restringido ahora a la «República de mercaderes» de Pechina, en las proximidades de Almería.

Para recomponer la fortaleza del Estado, para recuperar el poder político y militar y la eficacia de los mecanismos de la administración, debía afrontar la pacificación del país. En unos casos —pequeños señoríos y Marcas— fue suficiente una política de atracción que acabó con la mayor parte de sus jefecillos, enrolados en el ejército de Córdoba, o con las Provincias fronterizas reintegradas a la autoridad central. En otros, como en

La pacificación

El puerto de Almería y su entorno se sustraen a los desórdenes que preceden al califato. El vigor de su actividad comercial será el fundamento de la prosperidad de esta provincia durante los siglos X y XI. La alcazaba protegía lo que será el gran puerto del califato.

La pacificación

Para doblegar al rebelde ben Hafsún fue necesaria toda la energía del todavía emir Abd al-Rahman III. Su desafío a la autoridad de Córdoba fue un largo episodio rodeado posteriormente de un aura romántica.

el caso de la rebelión de ben Hafsún, la pacificación exigió un mayor desgaste:

Ben Hafsún había sido la preocupación prioritaria de los gobiernos de Córdoba durante más de tres décadas. Sobre la base de una táctica guerrillera apoyada en la difícil orografía y en la inexpugnabilidad de su refugio de Bobastro, desafió a sucesivos ejércitos omeyas.

Los medios desplegados por los emires precedentes se habían revelado inútiles, quizá porque los esfuerzos se habían centrado en el baluarte. El nuevo emir recurre a una táctica envolvente, destinada a aislar las montañas de Ronda, adecuándose al cambio de actitud que adopta el rebelde a partir de su conversión al cristianismo en el 899.

El momento más inquietante para Córdoba se produjo cuando ben Hafsún, dispuesto a proseguir la lucha contra los «usurpadores omeyas», ofrece su vasallaje al califato fatimí creado en Ifrikiyya en el 910. Los

orígenes alidas o shiitas de este nuevo califato constituían un peligro para la estabilidad de al-Andalus, ante la posibilidad de que se actualizaran las cruentas relaciones entre omeyas y shiitas. De ahí las precauciones del gobierno omeya, que aumentó su flota y estableció una vigilancia permanente en el litoral andaluz, para impedir que ben Hafsún pudiese recibir refuerzos procedentes de los puertos magrebíes.

La sequía que asoló al país en el 914 desvió los esfuerzos del emir, ocupado en reprimir los desórdenes y el bandidaje que la carencia de alimentos suscitaba en todas partes. Ben Hafsún, firme en el desafío a los emires desde Muhammad I y pese a su avanzada edad, prolongó la rebelión hasta su muerte, en el 917, pero Bobastro no cayó hasta el 928 merced a la resistencia ofrecida por sus hijos, cuyo final no pudo ser más dispar: Sulayman, decapitado y expuesto en la picota de Córdoba; Hafs, alistado en el ejército regular; Abd al-Rahman, reputado calígrafo, y su hija Argentea, mística y mártir.

En la otra orilla del estrecho, la autoridad de una dinastía shiita tenía forzosamente que inquietar a Córdoba. Una flota con mejores medios y una mayor vigilancia de las costas eran precauciones inevitables.

Abd al-Rahman III se proclama califa

La inmensa resonancia que tuvo la toma de Bobastro guarda relación con el inmenso temor que provocaba la presencia de una dinastía shiita en las costas norteafricanas. Es cierto que la resistencia de ben Hafsún había sido la más duradera, extendida y peligrosa de cuantas tuvo que doblegar Abd al-Rahman III, pero en los últimos años, el área de influencia del rebelde era insignificante. La extensión de la soberanía fatimí por el Magreb y el vasallaje del rebelde al nuevo califa norteafricano podían convertir la revuelta de las montañas de Ronda en la vía de entrada del shiismo en la Península. De alguna forma, la victoria del emir sobre ben Hafsún

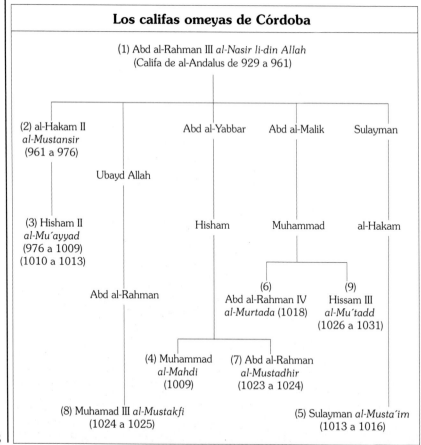

Los califas omeyas de Córdoba

(1) Abd al-Rahman III *al-Nasir li-din Allah*
(Califa de al-Andalus de 929 a 961)

(2) al-Hakam II *al-Mustansir* (961 a 976)

Abd al-Yabbar   Abd al-Malik   Sulayman

Ubayd Allah

(3) Hisham II *al-Mu´ayyad* (976 a 1009) (1010 a 1013)

Hisham   Muhammad   al-Hakam

Abd al-Rahman

(6) Abd al-Rahman IV *al-Murtada* (1018)   (9) Hissam III *al-Mu´tadd* (1026 a 1031)

(4) Muhammad *al-Mahdi* (1009)   (7) Abd al-Rahman *al-Mustadhir* (1023 a 1024)

(8) Muhamad III *al-Mustakfi* (1024 a 1025)   (5) Sulayman *al-Musta´im* (1013 a 1016)

se convertía en una victoria de los omeyas sobre sus enemigos naturales, los shiitas o alidas.

La amenaza fatimí era, ante todo, de orden ideológico. Dada la doctrina shiita, el único califa legítimo debía ser descendiente de Fátima y Ali, y sólo a él correspondía la soberanía universal sobre el mundo islámico. Para contrarrestar la amenaza, no era suficiente la fuerza. Había que ampliar las razones de la legitimidad. Para ello Abd al-Rahman III da el paso que sus predecesores no se atrevieron a dar, y rompe con los débiles vínculos de la «ficción califal» proclamándose califa meses después de la rendición de Bobastro.

El califato, a diferencia de abbasíes y fatimíes, no reclama el derecho a gobernar a todos los musulmanes, sino la independencia de al-Andalus ante toda autoridad superior. El califato suponía romper el vínculo religioso con Bagdad y unir al poder político de los emires la jefatura religiosa de los musulmanes de al-Andalus. No significaba, por tanto, un aumento del poder político, sino acabar con la «ficción califal».

La proclamación del califato fatimí en Kairuán significaba la primera violación a la supuesta unidad de «Dar al-Islam» mantenida por los abbasíes. Los omeyas de Córdoba, apaciguado al-Andalus, dan el mismo paso.

La victoria de Ramiro II de León en Simancas no tuvo finalmente mayor trascendencia. Aunque los efectivos demográficos n la línea del Duero aumentaron, las plazas fortificadas por el monarca leonés tuvieron una existencia efímera ante el giro que el califa dio a su política militar.

Las relaciones con la España cristiana

La pacificación de al-Andalus permite plantearse la neutralización de las incursiones de los vecinos del Norte, que hacían que los cristianos apareciesen con más frecuencia en las proximidades de áreas habitadas por musulmanes. En una de ellas, el rey leonés Ramiro II (931-951) se apoderó de la fortaleza musulmana de Madjrit (Madrid), y hostigó durante años las posiciones más avanzadas de la frontera de al-Andalus al sellar alianzas con Navarra y el gobernador musulmán de Zaragoza.

La reacción del califa se retrasa hasta el verano del 939, cuando emprende la «Campaña de la Omnipotencia», en la que cien mil soldados, según las crónicas, se dirigen a León; en Simancas, los cristianos los atacan por sorpresa y los inducen a replegarse hacia un foso excavado a cierta distancia. Los jinetes, sorprendidos ante este obstáculo imprevisto, se dejan matar a millares. Las crónicas describen las secuelas del combate y hablan de colinas, bosques y campos sembrados de cadáveres musulmanes.

La reforma militar

Esta humillación sin precedentes le movió a soluciones drásticas: descontento del relativo ardor de su ejército regular, emprende una profunda reforma militar consistente en disminuir el número de soldados andalusíes y sustituirlos por una fuerza neutra, una «legión extranjera», formada por mercenarios mayoritariamente eslavos. Por último, se replantea el sistema de fronteras, reforzando la Marca Media, la más amenazada, con el traslado de su centro a Medinaceli, convertida en un gran acuartelamiento de tropas.

El reforzamiento del ejército califal obliga a Ramiro II y a sus sucesores, así como al resto de núcleos cristianos, a aceptar vasallajes más o menos encubiertos que contemplaban el pago regular de un tributo al tesoro califal. Si por cualquier razón el pago no era satisfecho en los plazos acordados, se enviaba una columna de castigo que se encargaba de recordarlo. Las ganancias así acumuladas fueron tan atractivas que nunca se planteó una política de anexiones territoriales o de supresión pura y simple de cualquiera de los reinos cristianos, a pesar de la aplastante superioridad omeya.

El ejército califal

Medinaceli, en la provincia de Soria, se convierte en cuartel general de la Marca Media dada la lejanía de Toledo del núcleo cristiano que se mostraba más agresivo, Castilla. Este condado empezaba a desprenderse de la soberanía leonesa.

El brillo de Córdoba

Medinat al-Zahra, el nuevo centro cortesano y administrativo creado por Abd al-Rahman III, fue célebre por la suntuosidad y las curiosidades ornamentales. En su construcción participó un nutrido grupo de artistas de origen oriental.

Una corte deslumbrante

La disolución de los focos de sedición en el interior y la neutralización de las incursiones del Norte, permitieron la recaudación habitual de impuestos en al-Andalus y el cobro de tributos en el área cristiana. Las sumas recaudadas por la Hacienda se multiplicaron, asumiendo el Estado un papel decisivo en el conjunto de la actividad económica, no por su intervencionismo, sino por el hecho de que su enorme burocracia y su ejército lo convertían en el primer consumidor y primer creador de puestos de trabajo de al-Andalus.

En la última parte de su reinado, Abd al-Rahman III actúa como un soberano deslumbrante. Trasladó su residencia a Medinat al-Zahra, en las afueras de Córdoba; la capital se convirtió en una rival de Kairuán y de las grandes urbes de Oriente, sobrepasó de lejos a las otras ciudades de Europa y gozó en el mundo mediterráneo de una reputación y un prestigio sólo comparable al de Constantinopla.

La política africana

Para refrendar la seguridad del Estado, era necesario poner a salvo el territorio de al-Andalus de las ofensivas fatimíes del Norte de África. Desde su centro originario, Túnez, los fatimíes orientaron su expansión hacia el Oeste, absorbiendo los pequeños principados vasallos de al-Andalus. La estrategia del califa omeya implicaba pocos riesgos, al limitar la intervención directa de sus ejércitos a las plazas costeras de Ceuta y Melilla y explotar las rivalidades tribales, dejando en manos de las tribus aliadas la defensa frente al avance fatimí.

A pesar de que en algunos momentos la mayor parte de los territorios quedó fuera de la intervención directa de los omeyas, logró mantenerse la influencia sobre Sidjilmasa, al Sur del Atlas, puesto clave en la ruta del oro sahariano. El oro, que siguiendo la ruta Sidjilmasa-Ceuta fluye hasta la Península, va a permitir la acuñación de monedas de este metal, estímulo para los intercambios internacionales. El posterior interés fatimí por Egipto, culminado con el establecimiento de la capital en El Cairo en el 969, hace que se desentiendan del Magreb y que al-Hakam II, hijo y sucesor de Abd al-Rahman III, pueda recuperar los antiguos dominios omeyas.

Las relaciones con África

En el año 969 la dinastía fatimí trasladó la capital a El Cairo, donde permanecería hasta su extinción en 1171. Esta dinastía constituía una de las dos ramas en que se escindió el shiismo a partir de la muerte, en 765, de Djafar al-Sadik, el sexto descendiente de Ali. Los fatimíes sostenían que la línea de los califas («iman» en la terminología shiita) debía continuarse por Ismail, primogénito de Djafar.

Al-Hakam II

Jinetes y soldados del ejército cristiano del siglo X. La actividad militar cristiana durante el segundo califa se limitó a correrías castellanas por las inmediaciones de la frontera que nunca concluyeron en «usurpaciones» territoriales. Con al-Hakam II asistimos, sin duda, al período más pacífico de la historia de al-Andalus.

La inquietud intelectual de un califa

Los quince años del reinado de al-Hakam (961-976) constituyen uno de los períodos en que con mayor firmeza se ejerció la autoridad del Estado. El planteamiento militar puesto en marcha por Abd al-Rahman III, reforzando las provincias fronterizas de la Península y las plazas de Norte de África, cobra un nuevo impulso al aumentar la presencia del ejército, en el que el predominio del elemento beréber era cada vez más notorio.

La capacidad de disuasión del aparato militar determina que, en todo el período, el clima de paz apenas se vea turbado por un desembarco normando en la llanura de Lisboa, rechazado por la escuadra califal, por los ataques infructuosos del conde de Castilla a fortalezas próximas a Medinaceli, y, en África, por incursiones aisladas de tribus insumisas y por la resistencia de un príncipe idrisí que soñaba vanamente con la restauración de la dinastía en el reino de Marruecos. La instalación de los rebeldes como grandes señores en Córdoba solía acabar con las revueltas, y su llegada a la capital era una buena ocasión para organizar alguna de las magníficas fiestas descritas por Ibn Hayyán, que servían para recordar a súbditos y visitantes extranjeros el poder y la majestad del califa.

La tranquilidad del reinado permitió al Estado destinar importantes fondos del tesoro a proyectos culturales de gran envergadura que hacen de Córdoba la rival de Bagdad. Las reformas emprendidas en la Mezquita —en la que se doblan prácticamente sus dimensiones y se construye una nueva macsura de un lujo extremo—, o la creación de la biblioteca mejor dotada de Europa, bastarían para cimentar la fama de al-Hakam II como el «califa sabio y bibliófilo».

En los últimos años, su salud se ve gravemente alterada, por lo que confía la dirección de los asuntos de estado al hadjib. El papel del califa es cada vez más irrelevante. Al-Hakam II muere habiendo nombrado como sucesor a su hijo Hisham, un niño de once años. La minoría de edad y el precedente del padre, quien en la última etapa de su vida ya no tenía el control del poder en sus manos, son dos bazas que serán explotadas para reducir el poder del califa. El califato empezaba pues a mostrar fisuras.

Arqueta que al-Hakam II regaló a su hijo Hisham (Catedral de Gerona). Está hecha de plata dorada sobre chapas de madera. Es probable que a raíz de los saqueos sufridos por Córdoba, en 1009-1010, pasara a poder de los catalanes que intervinieron en aquellos disturbios.

6

Cuarenta años tardó en construirse el imponente complejo de Medinat al-Zahra (936-976). Rodeada por una doble muralla rectangular de aproximadamente 1500 por 1000 metros, se trata de una auténtica «ciudad» enclavada en la ladera de la sierra de Córdoba, a pocos kilómetros de la capital. Su construcción agotó una parte sustancial de los recursos del califato. Destaca el esplendor de sus salones que luego se hizo legendario, y el acueducto construido para la traída de aguas. Incendiada y arrasada durante los desórdenes de la «fitna», su recuerdo perduró durante mucho tiempo. A lo largo de este siglo se han sucedido los trabajos de excavación y restauración.

Dictadura militar y disolución del Estado (976-1031)

Aristocracia de sangre y aristocracia de servicio

La proclamación del califato había sido el punto de arranque para fijar los mecanismos de un poder fuertemente centralizado, apoyado no sobre el antiguo clan omeya, sino sobre una nueva aristocracia de servicio, constituida en gran parte por elementos nuevos: familias árabes de origen relativamente modesto, no vinculadas con los primeros conquistadores, funcionarios de origen servil importados de Europa y jefes tribales de los contingentes beréberes reclutados como mercenarios en el marco de la política africana.

Esta nueva aristocracia no sustituye totalmente a la antigua: los parientes, en sentido amplio, del soberano

continúan gozando de pensiones oficiales y de un rango elevado en la jerarquía social. Hay, por consiguiente, una ampliación del círculo de los que se benefician del producto de la fiscalidad estatal, lo que hace que el conjunto de generales, ministros y altos funcionarios que se reparten los altos cargos de un ejército y una administración progresivamente más compleja, sea mucho menos homogéneo. Para el funcionamiento de este nuevo tipo de administración eran indispensables funcionarios expertos, dotados de una sólida preparación jurídica y especialmente aptos para las relaciones diplomáticas. Al no ser los vínculos de sangre lo que determinaba la asignación de los altos cargos de la administración y el ejército, sino la capacidad individual, se abría una brecha para alimentar ambiciones personales.

Detalle de una arqueta de marfil procedente de talleres de Córdoba, que es objeto, posteriormente, de retoques decorativos cristianos y que se halla en la Catedral de Pamplona.

Almanzor

Si la iniciativa artística del primer califa se centró en Medinat al-Zahra, la de sus sucesores tiene como objetivo el embellecimiento de la Mezquita de Córdoba. El Mihrab (cuyo frente vemos en la página opuesta) es el espacio abierto en el muro de la «qibla» que señala la orientación hacia la Meca. En su interior se exhibía la copia del Corán, destinada a la lectura del viernes. En la decoración abundan las inscripciones de alabanza a Al-Hakam, y las flores de cinco pétalos, que se han relacionado con la estrella musulmana de cinco puntas.

La figura de Almanzor

Nada ejemplifica mejor las posibilidades de ascenso social que ofrece la carrera administrativa como la trayectoria de Muhammad ben Abi Amir, el «Almanzor» de las crónicas cristianas («Al Mansur», «El Victorioso»), quien dirigirá el gobierno durante gran parte del reinado del tercer califa, Hisham II (976-1009).

Miembro de una familia árabe acomodada, instalada desde los primeros años de la conquista en las proximidades de Algeciras, desciende en línea directa de uno de los escasos árabes (kalbíes) que acompañaron a Tarik ben Zyad en el 711. Muy joven, sigue en Córdoba cursos de derecho, lengua y retórica con los más reputados maestros.

Tras un breve período como escribano público y auxiliar del «qadí» (juez) principal de Córdoba, fue nombrado administrador de los bienes privados de Subh, «Umm walad» o favorita del califa Al-Hakam II, y de los hijos de ambos; posteriormente administrará los fondos destinados a captar adhesiones (es decir, acallar rebeldías), para ser nombrado, todavía en vida de Al-Hakam II, inspector general de las tropas mercenarias acuarteladas en la capital.

A la muerte de Al-Hakam en el 976, participó activamente en las intrigas de la sucesión, más complicadas que de costumbre por la temprana edad del heredero y por las limitaciones del derecho islámico, que prohibe la sucesión de los menores. En el triunfo de una candidatura tan poco defendible cabe imaginar que los amoríos de Almanzor con Subh, madre de Hisham, fueron un estímulo para una defensa más vigorosa de los derechos del joven heredero, con la seguridad de situarse así en una posición particularmente privilegiada para ejercer el control del poder.

En los cinco años siguientes Almanzor urde las estrategias necesarias para acabar con las personalidades de mayor prestigio y poder, poniendo en práctica minuciosos y premeditados planes. Asimismo maneja los presupuestos destinados a las campañas africanas en el momento de mayor intervencionismo militar del califato en la zona y, seguramente para congraciarse con los alfaquíes de Córdoba, hace alardes ostensibles de piedad, como copiar de su propia mano el Corán (tenía fama

En la imagen, la primera Sura del Corán, llamada «Fatiha» (la que abre). Ser un buen calígrafo constituía una vía, nada desdeñable, de promoción social. Almanzor copió de su propia mano el Corán.

de buen calígrafo), ampliar la gran Mezquita de Córdoba y ordenar una purga en la biblioteca de Al-Hakam II, que se vio privada de numerosos libros considerados subversivos.

En el 981 Almanzor ha acumulado «méritos» suficientes para suscitar respetabilidad: ha hecho triunfar una candidatura jurídicamente frágil, ha provocado la caída de las magistraturas más relevantes asociando a su persona los cargos, títulos y funciones vacantes, y ha reducido las competencias del califa. La temprana edad del nuevo soberano facilitaba la implantación de una autoridad personal que pudo desarrollarse sin ningún tipo de freno.

Para disipar las dudas sobre quién ejerce el poder, Almanzor hace construir un nuevo complejo administrativo: «Al-Medina al-Zahira» (la Ciudad brillante), réplica de Medinat al-Zahra, sede de los califas omeyas. En su nueva residencia, Almanzor actuará como señor absoluto, libre de la obligación de rendir homenaje cotidiano al soberano nominal.

Berberización del ejército

La falta de legitimidad, o sea, el ejercicio dictatorial de la autoridad, exigía un aparato coercitivo más eficaz para reprimir los presumibles descontentos interiores; para ello aborda una segunda reforma militar que completa la extranjerización del ejército, promovida por Abd al-Rahman III cuarenta años antes a raíz de su fracaso en Simancas. Cambia la procedencia de los mercenarios; si el califa se inclinó por los eslavos, Almanzor lo hizo por los beréberes. La experiencia africana le había servido para adquirir una indiscutible habilidad en el establecimiento de vínculos con los jefes autóctonos.

El ejército beréber será, ante todo, «su» ejército, el ejército de Almanzor y sus descendientes, los amiríes. Como contraprestación, será el destinatario de las pensiones y privilegios estatales, en detrimento de las otras castas. La humillación que esta medida suponía para la aristocracia árabe y el desplazamiento político del califa habían despertado el sentimiento de legitimidad omeya y habían provocado una viva oposición pronto acallada por los más firmes aliados del dictador, los beréberes, cuyo peso en el ejército era cada vez más aplastante.

El ejército beréber

Hacia el 965 se había construido la más inexpunable fortaleza omeya sobre la línea del Duero, el castillo de Gormaz, que resultará crucial para el éxito de las campañas agresivas de Almanzor. Una variante de las fortalezas musulmanas es el «Kala'a», castillo, que ha pasado al castellano bajo la forma de «Alcalá» o «Cala» (Calahorra, Calatrava, Calatayud, etc.).

Las campañas contra la cristiandad

La militarización del régimen era imparable, pues, sólo un ejército fuerte podía disimular la falta de legitimación de su autoridad y podía permitirle, además, proseguir la táctica de los califas anteriores, encaminada a eliminar a los cristianos en la línea del Duero.

El sistema funcionó mientras los ejércitos de Córdoba, nutridos ahora con las continuas levas de mercenarios beréberes, saldasen con victorias sus encuentros con las tropas cristianas. Para que el Estado no consumiese sus recursos en los gastos militares, era imprescindible multiplicar las campañas contra los puntos claves de la cristiandad, para golpear su potencial económico y exigir de los reinos cristianos el pago de altas sumas que

Desde la integración de gran parte de Cataluña en la esfera de influencia carolingia en el siglo IX, su territorio se había visto exento de las correrías de los ejércitos de al-Andalus. A finales del siglo X las necesidades del militarismo de Almanzor llevan a sus soldados a atacar y saquear los puntos claves de la Cristiandad peninsular. Entre ellos Barcelona, cuyas murallas (en la imagen), imponentes para su tiempo, no detienen a los beréberes de Almanzor, contribuyendo al rencor cristiano frente al poder musulmán.

garantizaran la paz (las crónicas hablan de cincuenta campañas contra los reinos cristianos; las dirigidas contra Barcelona en el 985 y contra Santiago en el 997 son las de mayor repercusión en el área de la cristiandad).

Antes de Almanzor las campañas musulmanas no habían sido más que respuestas a iniciativas cristianas y relativamente benignas en cuanto a devastaciones, número de víctimas y poblaciones afectadas. Los «raids» de Almanzor son ataques difícilmente previsibles. Conducidos con una dureza sin precedente, dejaron largas secuelas de destrucciones, muertes y rencor, creándose, entre los distintos reinos cristianos, el germen de una reacción de solidaridad frente a un enemigo que empezaba a sentirse como común.

La proyección fatimí hacia el Este convierte al Magreb en un protectorado exclusivo de los omeyas. El intervencionismo de al-Andalus en la zona sería uno de los fundamentos de la política de Almanzor que llega a crear un principado en Fez presidido por su hijo Abd al-Malik. En la Mezquita de los Andaluces de esta ciudad, los nombres del califa Hisham II y de su todopoderoso «hadjib» Almanzor figuran en el respaldo de su almimbar.

La reducción del califa a un papel puramente religioso depara a los altos funcionarios la oportunidad de actuar frente a los súbditos con la «majestad» reservada al soberano.

El régimen de Almanzor ofrecía puntos débiles que momentáneamente quedaban encubiertos por la sucesión continua de victorias militares. Así, la separación de poderes tradicionalmente concentrados en el califa —reducido a jefe religioso—, el rechazo a que el despotismo tuviese en los mercenarios beréberes su más firme apoyo, y la presencia latente de los poderes locales, que nunca dejaron de desafiar la centralización, impuesta por la fuerza militar. Cuando se interrumpan los éxitos del ejército o simplemente cuando la personalidad del dictador sea más débil, el propio ejército, mezcla heterogénea de árabes, muladíes, eslavos y sobre todo, beréberes, tenderá a adueñarse directamente del poder y lo arruinará.

Almanzor lo evitó y, a su muerte, en el 1002, transmitió sus títulos y funciones a su hijo Abd al-Malik, quien durante seis años mantuvo la estructura administrativa heredada y pudo continuar la política de acoso al enemigo cristiano, al otro lado de las zonas fronterizas.

84

Hacia la disolución del califato

La inesperada muerte de Abd al-Malik en el 1008 lleva al poder a su hermano Abd al-Rahman «Sandjul» («Sanchuelo», así llamado por ser nieto de Sancho Garcés II de Navarra), quien exige y obtiene del califa que le nombre heredero. Este acto, en el que se transfiere el califato de Córdoba de la dinastía de los omeyas a la de los amiríes, los descendientes de Almanzor, suscitó la indignación en la capital y resultará fatal para ambas.

Una expedición organizada contra León en pleno invierno bastó para que uno de los partidos de la oposición nombrara califa a un bisnieto de Abd al-Rahman III, cuya primera decisión fue ordenar el saqueo de la residencia de los amiríes, Al-Medina al-Zahira. En el trayecto de regreso a Córdoba, Abd al-Rahman Sanchuelo fue abandonado por sus tropas y asesinado por emisarios del pretendiente omeya, apenas seis meses después de la muerte de su hermano y predecesor. A partir de este momento comenzó un período particularmente convulso; es la «fitna barbariyya», la anarquía beréber.

Durante veinte años, diez califas se suceden en el trono de Córdoba; la lista de pretendientes, nombramien-

Las campañas de Almanzor y de sus hijos tienen como centro los núcleos de espiritualidad cristiana. La inoportuna expedición de Abd al-Rahman Sandjul a León solivianta a la sociedad cordobesa y da pie a los desórdenes de la «anarquía beréber».

La mayor pobreza de los materiales utilizados en Al-Medina al-Zahira hace que apenas hayan llegado vestigios. Esta sede fundada por Almanzor le evitaba rendir homenaje cotidiano al califa Hisham II, recluido en sus palacios de Medinat al-Zahra. Abajo, pila de mármol labrado para al-Zahira.

tos, revocaciones y alianzas hacen indescifrable la trama política de estos años; las grietas del Estado omeya, son cada vez más irrecuperables. En algunos momentos, el califato está en manos de la aristocracia beréber, cuyo ejército destruye el símbolo monumental más significativo de los omeyas, Medinat al-Zahra, purgando así la demolición y saqueo de la residencia de los amiríes, Al-Medina al-Zahira. A los árabes andalusíes, que nunca habían dejado de considerarse continuadores de los árabes de la cuna del Islam, les resultaba psicológica, social e ideológicamente insoportable el peso del elemento beréber en el aparato del Estado. Para los árabes, y para los musulmanes de origen peninsular integrados en la cultura árabe, beréber seguía siendo sinónimo de bárbaro.

La presencia beréber en el poder fue efímera, pero su impacto duradero. Córdoba tuvo que conceder en feudo algunas de las provincias de al-Andalus. En Granada, Jaén, Morón, Medina Sidonia y Ceuta se sucederán durante algunos años dinastías beréberes, abriendo el camino para que el califato se rompa en pedazos, para que, en palabras de un poeta del siglo XIII, «las perlas dejaran de ser collar».

Los reinos de taifas

El último intento omeya por recomponer una autoridad definitivamente perdida proviene de otro bisnieto de Abd al-Rahman III. Más preocupado por la dorada existencia que por las tareas políticas, Hisham III delega en gobiernos corruptos que exasperan a la población cordobesa. El 30 de noviembre del año 1031, el cadáver de su hadjib es arrojado a las inmundicias y su cabeza paseada por toda la ciudad en el extremo de una pica. Un consejo de notables logra frenar los alborotos y desórdenes y establecer en la capital un gobierno «repúblicano». El califa logra huir y encontrar asilo en Lérida, donde muere cinco años más tarde.

El vacío de poder despierta los particularismos que la militarización del régimen había logrado silenciar. Cada uno de los frentes de poder, cada uno de los partidos (en árabe «taifa»), reclamarán una participación que todos creen legítima. El régimen califal se descompone y el territorio de al-Andalus se divide en más de veinte

La disolución del califato

Ruinas de Medinat al-Zahra. Abd al-Rahman III hizo construir esta obra monumental para satisfacer los caprichos de una de sus favoritas, al-Zahra. La «Ciudad de Zahra» fue saqueada y destruida en los desórdenes de 1009-1010 y sus piedras utilizadas como cantera durante varios siglos.

estados, cuya soberanía es ejercida por familias árabes, beréberes y eslavas.

Son los reyes de taifas. Hasta mediados de siglo el antiguo dominio de los omeyas no presenta la apariencia de un país en decadencia. Ni el clima de prosperidad ni la vitalidad intelectual se interrumpen. Los reyezuelos reproducen en sus capitales la pompa de Córdoba, actuando con la misma prodigalidad que los califas y alardeando de idénticos títulos.

Pero en los reinos cristianos no impresiona la burda recreación que del califato se hace en las taifas, pues empiezan a percibir la escasa atención que los monarcas musulmanes prestan al ejército y el desvío de los recursos públicos para gastos suntuarios, pensados más para el placer que para el poder. El prestigio militar de al-Andalus se diluye. Las incursiones cristianas son cada

La mezquita de Córdoba es el símbolo omeya por antonomasia, pues todos los soberanos de la dinastía dedicaron parte de los recursos a su construcción o embellecimiento. En la historia de la mezquita se detecta también una fase emiral y otra califal, separadas por las secuelas del terremoto del 880, que obligó a Abd al-Rahman III, años después, a reconstruirla prácticamente en su totalidad. Como momentos más significativos de la primera fase, cabría señalar: los inicios de su construcción con Abd al-Rahman I; la conclusión con

88

vez más osadas y los reyezuelos comprarán la paz declarándose vasallos y tributarios de los reinos cristianos.

La relación de fuerzas entre Ishbaniya y al-Andalus empieza a invertirse. La presión de los cristianos no se contrarresta con acciones militares, sino con la compra de la paz mediante el sistema de «parias». Cuando estas resultan excesivas, o cuando las acciones cristianas constituyan una amenaza para la integridad territorial, no surge de las innumerables taifas de al-Andalus ninguna fuerza capaz de erigirse en artífice de una nueva unificación. Esta labor estaba asignada a un poder extrapeninsular, forjado en las arenas del desierto: los almorávides. Con su llegada en el 1086, al-Andalus se convierte en provincia del Magreb. Los restos del Estado omeya son definitivamente barridos por el príncipe del Sahara, Yusuf ben Tashfin.

Hisham; la ampliación con Abd al-Rahman II y la decoración con Muhammad I. La reconstrucción abordada por Abd al-Rahman III afectó también al patio, que se amplia, y al minarete, modelo de los que se levantaron en al-Andalus durante los siglos XI y XII. Con posterioridad al primer califa, las intervenciones más destacadas se deben a al-Hakam II, quien dobló prácticamente sus dimensiones y decoró con un lujo extremo una nueva macsura y el tercer mihrab, único que ha quedado intacto. La tercera y definitiva ampliación se debe a Almanzor, quien en el 990 añadió ocho naves a las once precedentes.

Datos para una historia

Años	Península ibérica
710	Desembarco de Tarif al mando de 400 beréberes en lo que después será Tarifa.
711	Expedición de Tarik ben Zyad. Victoria de Guadalete. Llegada a Toledo.
712	Llegada de Musa ben Nusayr. Toma de Sevilla. Asedio a Mérida. Llegada a Toledo.
714	Conquista de Portugal y el sudeste peninsular. Pacto de Tudmir.
716	Asesinato de Abd al-Aziz, hijo de Musa y primer gobernador («wali») de al-Andalus.
718	Batalla (?) de Covadonga.
719	Córdoba, capital de al-Andalus.
720-725	Expediciones musulmanas por la Galia.
732	Derrota musulmana ante Carlos Martel en «La Calzada de los Mártires», a unos kilómetros de Poitiers.
739	Revuelta beréber en el Norte de Marruecos.
740	Extensión de la revuelta entre los beréberes de la Península.
741	Llegada de los djundíes sirios. Victoria sobre los beréberes.
750-755	Período de hambre; los beréberes abandonan Galicia y muchos regresan a África del Norte.
756	Abd al-Rahman I, emir de al-Andalus.
768-777	Revuelta de los beréberes de la región montañosa entre el Tajo y el Guadiana.
778	Ofensiva de Carlomagno sobre Zaragoza y desastre de su retaguardia en Roncesvalles.
785	Gerona, incorporada a los dominos francos.
788	Hisham I, emir.
789	Revuelta de los yemeníes de Tortosa, reprimida por los Banu Qasi.
796	Al Hakam I, emir.
797	Jornada del Foso de Toledo.
801	Barcelona, definitivamente integrada a los territorios francos.
818	Motín del Arrabal de Córdoba.
822	Abd al-Rahman II, emir.
831	Fundación de Murcia.
839	Intercambio de embajadas entre Córdoba y Bizancio.
842	Disidencia de los Banu Qasi en la Marca Superior.
850	Oposición mozárabe en Córdoba.
852	Muhammad I, emir. Concilio de Córdoba para resolver el problema mozárabe.
854	Campañas omeyas contra el reino asturiano.
859	Martirio de Eulogio en Córdoba.
866-867	Expediciones omeyas contra Alava.
868	Sublevación de Ibn Marwan en Mérida.
876	Comienzos de la rebelión de ben Hafsún.

Años	Península ibérica
884	Creación de la «República mercantil» de Pechina (Almería).
886	Al-Mundir, emir.
888	Muerte de al-Mundir a quien sucede su hermano Abd Allah.
889	Conflictos entre árabes y muladíes en las regiones de Elvira (Granada) y Sevilla.
899	Conversión de ben Hafsún al cristianismo.
910	Proclamación en Túnez del califato fatimí.
912	Abd al-Rahman III, emir.
917	Muerte de ben Hafsún.
927	Ocupación de Melilla por los omeyas.
928	Caída de Bobastro.
929	Abd al-Rahman III, califa.
930	Final de la insurrección de los Banu Marwan de Mérida.
931	Ocupación de Ceuta por los omeyas.
932	Pacificación de Toledo.
936	Inicio de los trabajos de Medinat al Zahra.
939	Derrota de Abd al-Rahman III en Simancas.
949	Intercambio de embajadas entre Córdoba y Bizancio.
951	Anexión de Tánger por los omeyas.
955	Saqueo de Almería por una escuadra fatimí.
961	Al-Hakam II, califa.
966	Embajadas de príncipes cristianos en Córdoba.
969	El Cairo, capital de los fatimíes. Los omeyas amplían su zona de imfluencia en el Norte de África.
976	Hisham II, a los 11 años, califa. Consejo de Regencia. Final obras de Medinat al Zahra.
978	Final de la insumisión de los últimos idrisíes.
981	Reforma militar de Almanzor e inicios de su dictadura.
985	Campaña contra Barcelona.
997	Saqueo de Santiago de Compostela.
1002	Muerte de Almanzor. Le sucede su hijo Adb al Malik.
1008	Muerte de Abd al-Malik. Le sucede su hermano Abd al-Rahman Sanchuelo.
1009	Asesinato de Abd al-Rahman Sanchuelo. Saqueo de la residencia de los amiríes, Al-Medina al-Zahira.
1010	Destrucción de la residencia de los califas, Medinat al-Zahra.
1010-1031	Desmembramiento de la España califal. Nacimiento de los reinos taifas.
1085	Conquista de Toledo por Alfonso VI.
1086	Entrada del sultán almorávide Yusuf ben Tashfín en al-Andalus.

Glosario

Aceifa
Expedición militar que tenía lugar en verano. Desde los primeros emires hasta Almanzor, se organizaron periódicamente. Se trata, por lo general, de «raids», incursiones con el ánimo de capturar prisioneros y amasar botín.

Almorávides
Literalmente «los que habitan en un ribat». El «ribat» es un convento-fortaleza, fundado por un sabio marroquí en el siglo XI, para impulsar la islamización de tribus nómadas del Sur del Sahara, en la región del Niger. Pronto el creciente número de adeptos hace necesaria la creación de una red de conventos-fortaleza. En su interior la vida es dura y la disciplina rigurosa. Animados por el espíritu de Guerra Santa, constituirán una temible máquina militar que les llevará a dominar, sucesivamente, todo el Sahara (1054), Marruecos (1069) y al-Andalus (1086).

Arrabal (motín del)
Un decreto de al-Hakam I instituyendo nuevos impuestos crea en el barrio más populoso de la capital un profundo malestar, agravado por la arrogancia de los soldados de la guardia del emir. Los habitantes del Arrabal, armados, se dirigen al Alcázar, la residencia de los emires, con la intención de forzar sus puertas. La respuesta fue implacable: durante tres días los soldados mataron y saquearon; trescientos notables fueron crucificados, la población desterrada y el Arrabal arrasado.

Cataluña Vieja
La zona comprendida entre los Pirineos, el mar y una línea que une, aproximadamente, la desembocadura del Llobregat con los macizos del Montsec. Su territorio, dividido en varios condados, pasó a formar parte del imperio carolingio (Marca Hispánica), desvinculándose de la España islámica.

Djarya
Esclava joven. La esclavitud ha sido una institución muy arraigada en la sociedad islámica. Las mujeres eran apreciadas por el trabajo doméstico, la procreación y, sobre todo, las relaciones sexuales. En al-Andalus muchas esclavas fueron objeto de una esmerada educación musical y literaria.

Fakih (alfaquí)
Versado en la ley y la jurisprudencia islámica. El derecho musulmán abarca aspectos de la vida religiosa, política y privada. En al-Andalus, los alfaquíes formaron un poderoso grupo de presión, pronto comprometido con los intereses de la dinastía omeya. En los sangrientos alborotos del Arrabal, en 818, fueron los únicos que se salvaron de la muerte o el destierro, a pesar de ser sus instigadores.

Hégira
Emigración de Mahoma de la Meca a Medina en septiembre de 622. Más que huida o emigración, connota la idea de ruptura de los lazos de parentesco. Señala el inicio de la era musulmana.

Ibn Hayyán
Historiador del período omeya (987-1076). Vivió los momentos más críticos del califato. Testigo impotente de los desmanes de la «fitna», criticó con virulencia a numerosos personajes de su tiempo. Su obra más importante, el «Muktabis», resumen de crónicas anteriores, es imprescindible para la reconstrucción del pasado omeya en la península.

Idrisí
Dinastía fundada en Marruecos en 789 por un descendiente de Ali, Idris, superviviente de la matanza que los abbasíes decretan contra la familia alida. Aunque se prolongó hasta 985, la decadencia empezó en 828, a la muerte del segundo monarca y fundador de Fez, Idris II. Los principados bereberes y la expansión de fatimíes y omeyas por el Norte de África, fueron reduciendo el área de influencia de la familia idrisí restringida en los últimos años a la región de Tanger.

Kharidjita
Derivado del verbo «kharadja» (salir), pertenecían, en principio, al partido («shia») de Ali. Éste, en su enfrentamiento con los omeyas, acepta someter a un arbitraje sus diferencias. Como protesta por lo que consideran un signo de debilidad, «se salen» de las filas o de la obediencia de Ali. Fanáticos y turbulentos, sostienen que el califa ha de ser «el mejor musulmán». Enemigos de alidas, omeyas y abbasíes, tuvieron que refugiarse en la clandestinidad o

en la huida. Animaron las primera revueltas beréberes contra los omeyas, origen de pequeños reinos kharidjitas en el Magreb que perduraron hasta la expansión omeya y fatimí por el Norte de África durante el siglo X.

Khurs

Término utilizado por el pueblo cordobés para referirse a la guardia personal del emir, formada por eslavos, mercenarios de origen europeo. Se distinguieron por la ferocidad con que se empleaban y por la terquedad en no conocer la lengua árabe, lo que explica su gran impopularidad. Equivale a «mudos», aunque creemos más ajustado traducirlo por «impertérritos» o «silenciosos».

Macsura

Espacio cerrado en el interior de la mezquita reservado al monarca. Cumple la función de aislar al soberano del pueblo y de precaución ante posibles atentados. Las corrientes más rigurosas condenan el establecimiento de zonas reservadas en el interior de las mezquitas.

Mawlas (libertos, clientes)

Indígenas convertidos al islam bajo la protección de un jefe árabe. Los conquistadores mantuvieron su sistema tribal, por lo que los neomusulmanes no era miembros de pleno derecho de una familia o de una tribu árabe. Era una especie de «encomendación personal» sustitutoria de los vínculos de sangre.

Mezquita de Córdoba

Uno de los escasos símbolos del incomparable esplendor de Córdoba conservado hasta nuestro días. Sólo algunas partes han conservado su carácter tras las desfiguraciones provocadas por los añadidos cristianos cuando, a raíz de la Reconquista en 1236, se convierte en Catedral.

Muladíes

Neomusulmanes de la península. En la mayoría de los casos, la población indígena se convierte al Islam para gozar de un status personal que confiere más ventajas que el de «dimmi». Integrados rápidamente en la sociedad musulmana, paliaron con sus servicios la precariedad numérica de los árabes de antigua estirpe islámica. No obstante, el proceso de islamización

fue bastante lento: según estudios basados en la onomástica, la mayoría muladí no se produce hasta mediados del siglo X.

Peregrinación

Rito preislámico que sufre sustanciales alteraciones a partir de 632 cuando Mahoma, meses antes de morir, dirige la llamada «Peregrinación del adiós». A partir de entonces la peregrinación a la Meca, será obligatoria para todo musulmán con medios, una vez en la vida.

Sakalibas

Cautivos procedentes de las áreas cristianas, en su mayoría de más allá de los Pirineos. Su destino es constituir la guardia personal del emir o vastas milicias serviles, muchas veces rivales, siendo también considerable la proporción de sakalibas o «eslavos» entre los eunucos, encargados de la guardia de los harenes.

Shiitas

Integrantes de la «shia», partido de Ali. Ciertos gestos de deferencia de Mahoma con su yerno y primo Ali (comandante en jefe en algunas expediciones, misiones diplomáticas, recitación en la peregrinación del año 631 de algunos versículos del Corán) fueron interpretados como el deseo de Mahoma de confiar la sucesión a Ali. Al no producirse, formarán un núcleo de oposición durante los tres primeros califas ortodoxos. El asesinato del tercero, Uthman, y el nombramiento de Ali en 656, provoca la reacción de un pariente del califa asesinado, Muawiya, gobernador de Siria. El enfrentamiento entre los dos bandos desembocó en la creación de la dinastía omeya (Muawiya es el fundador) y en la escisión de la comunidad musulmana que ha perdurado hasta nuestros días entre sunníes y shiitas.

Sunna

En un principio es el conjunto de hechos, gestos, palabras y aprobaciones tácitas de Mahoma; en definitiva, la conducta del Profeta. Posteriormente se añadió la conducta de los Compañeros y primeras generaciones de musulmanes. Todo este conjunto se recoge en las colecciones de «hadith», «tradiciones», que completan gran parte de los vacíos legales no resueltos por el Corán.

Índice alfabético

Bibliografía

Andrae, T., *Mahoma*. Alianza Editorial, Madrid, 1980.

Arie, R., *España musulmana*. Colección «Historia de España», tomo III. Labor, Barcelona, 1984.

Burckhard, T., *La civilización hispano-árabe*. Alianza Editorial, Madrid, 1980.

Chalmeta, *Al-Andalus: musulmanes y cristianos*. Historia de España dirigida por Antonio Domínguez Ortiz. Planeta, Madrid, 1989.

Chejne, Anwar, O., *La España musulmana*. Cátedra, Madrid, 1987.

Delcambre, A. M., *Mahoma, la voz de Alá*. Aguilar Universal, Madrid, 1987.

Dozy, R., *Historia de los musulmanes de España*. Turner, Madrid, 1982.

Ganshof y otros, *El Islam, el nacimiento de Europa*. Espasa-Calpe, Madrid, 1985.

Grabar, O., *La formación del arte islámico*. Cátedra, Madrid, 1984.

Levy-Provençal, *La España musulmana*. Colección «Historia de España» dirigida por Menéndez Pidal, Vol. IV, Espasa-Calpe, Madrid 1957.

Peres, H., *Esplendor de al-Andalus*. Hiperión, Madrid, 1983.

Sánchez Albornoz, C., *La España musulmana*. Espasa-Calpe, Madrid, 1986.

Simonet, F. J., *Historia de los mozárabes de España*. Turner, Madrid, 1983.

—, *Almanzor, una leyenda árabe*. Polifemo, Madrid, 1986.

Valdeón, J., *El califato de Córdoba*. Cuadernos de Historia 16, n.º 65, Madrid, 1985.

—, *La Alta Edad Media*. Colección «Bibliote Básica de Historia». Anaya, Madrid, 1989.

Vallvé, J., y otros, *Los Omeyas*. Cuadernos de Historia 1 n.º 25, Madrid, 1985.

Vernet, J., y otros, *El Islám, siglos XI-XIII*. Cuadernos de Historia 16, n.º 33, Madrid, 1985.

—, *Así nació el Islam*. Cuadernos Historia 16, n.º 21, Madrid, 1985.

Watt, M., *Historia de la España islámica*. Alianza Editorial, Madrid, 1986.